王金安

男，汉族，生于 1937 年 9 月，重庆市綦江区人

作者简介

　　1952 年 1 月参加工作，1955 年 3 月参军入伍。1983 年转业到重庆綦南供电局工作，1994 年退休。中华诗词学会会员、重庆市诗词学会常务理事、重庆市渝中区诗联书画院荣誉院长、綦江区诗词学会会长。著有由花山文艺出版社出版的个人诗集《向太阳》，亦有诗词散见于《中华辞赋》《重庆诗词》等。

罗　毅

笔名原野，男，生于 1962 年 6 月，汉族，重庆綦江区人

作者简介

　　綦江区东溪镇人民政府宣传文化退休干部，中华诗词学会会员、重庆市作家协会会员、《綦江文艺》编辑、《南州诗刊》主编等。有诗歌、散文、随笔、通讯报道等 500 余篇／首，散见于《诗刊》《读者》《世界诗人诗历》《中国旅游》《重庆日报》《重庆晚报》《重庆科技报》《西部开发报》《綦江日报》等；编著乡土文学读本《千年古镇东溪》《东溪古镇故事》《东溪古镇风韵》《东溪七十二行》《舌尖上的东溪》《红色石壕》等；独著出版綦江街镇历史文化丛书《古镇东溪》《水墨丁山》；出版散文《巴渝古镇东溪》（合著）；编纂地方志书《东溪志》《篆塘镇志》等，共计 300 余万字。

尋夢趕水

莫德敏题

王金安　罗毅 ◎著

成都时代出版社
CHENGDU TIMES PRESS

图书在版编目（CIP）数据

寻梦赶水 / 王金安，罗毅著 . -- 成都 ：成都时代
出版社，2024.2
ISBN 978-7-5464-3434-6

Ⅰ . ①寻… Ⅱ . ①王… ②罗… Ⅲ . ①散文集－中国
－当代 Ⅳ . ① I267

中国国家版本馆 CIP 数据核字（2024）第 048832 号

寻梦赶水
XUN MENG GANSHUI

王金安　罗毅　著

出 品 人　　达　海
责任编辑　　李卫平
责任校对　　李　佳
责任印制　　黄　鑫　曾译乐
书籍设计　　燕　子

出版发行　　**成都时代出版社**
电　　话　　（028）86742352（编辑部）
　　　　　　（028）86615250（发行部）
印　　刷　　成都市兴雅致印务有限责任公司
规　　格　　170mm×240mm
印　　张　　16.5
字　　数　　270 千
版　　次　　2024 年 2 月第 1 版
印　　次　　2024 年 2 月第 1 次印刷
书　　号　　ISBN 978-7-5464-3434-6
定　　价　　148.00 元

岁月渐远　乡愁益近

——《寻梦赶水》序

　　渝南綦江，有一个神秘而美丽的地方，那就是我的故乡——赶水。这片土地承载着我童年的欢乐、青春的激情和成年的感悟。如今，我以这种特殊的方式，通过笔，将这些珍贵的记忆汇集成册，献给所有热爱故土、怀揣梦想的人。这就是《寻梦赶水》文集的由来。

　　我生于斯长于斯的赶水，为渝黔边贸重镇。曾经的夜郎溪、三江县、南平军，在此定格。2200多年的沧桑文脉绵延于斯，渝南黔北的灵动山水滋养人文。曾经的繁华美丽，现存的历史建筑、名胜古迹、璀璨文化、民间美食等，均是岁月长河洗礼之后留下的精华。

　　赶水如一首思念的歌。故乡的路是一首思念的歌，每一段旋律都是一种牵挂。我十七岁那年离开赶水，参军到云南戍守边关，那时总是想起故乡。古老的石房子、神秘的太公山、宏大的东岳庙、灵验的观音寺、飘香的豆腐乳、香辣的萝卜爪等，都深刻于我年少的记忆，也都有我留下的足迹，更有难以忘怀的美好回忆……从别离的那一刻开始，故乡便是我永远的情人，陪伴我一起流浪，一起走过岁月的欢欣和无奈。

　　赶水是一幅恬美的画。故乡享有桥乡之美誉，水影山光，胜过桃源。"赶水潋滟，桧楫松舟。百舸争流，日夜不休。"曾经水上的繁忙，令人遐想。深厚的历史文化底蕴，优美的自然风光，让无数游子魂牵梦绕。日出又日落，在漫长的岁月里，赶水河孕育了秀美山川，养育了一代又一代赶水人，他们在这里生存、繁衍、创造与收获。石房村在风中成长，我牵挂黄昏和黎明。

赶水像时光盛开的花。故乡的岁月是悠远而厚重的，她的深邃和从容留给我太多的思考。翻开人生的书页，花开花落，缘聚缘散。我站在耄耋白发如霜的风口，似乎更想寻求一些超乎岁月的坦然。故乡留给我的所有，都深藏灵魂的深处。情真意切的山、水、人，搭建起心灵的码头。故乡的味道，总是给人温暖，令人思念，在记忆里永恒。

赶水似岁月酿造的酒。故乡是乡愁的根，乡愁是深沉的爱。故土难离，乡情难忘。我 28 年的军旅生涯中，曾多次参加战斗，负过重伤，也从事过军事指导；在地方工作近 15 年后，又回到了家乡创业开办赶水草蔸萝卜深加工公司。回到故乡，我又看到那各式各样的桥，犹如彩虹散落在人间，畅通边城贸易的动脉，成就"百桥之乡"的美誉。走近那或古朴，或现代的桥梁，连接历史记忆、展现今日变迁、勾勒未来蓝图。望一望，远方；瞧一瞧，近处，如喝下一坛陈年老酒，绵醇芬芳。寻梦里的故事，说是就是，不是也是；故事里的事，说不是就不是，是也不是……

《寻梦赶水》文集正是对故乡这些美好事物的记录和传承。在这里，你可以看到故乡的山水风光，领略到故乡的风土人情；你可以读到那些感人至深的故事，感受到那些催人奋进的力量；你可以品味到故乡的文化底蕴，领略到故乡的精神风貌。这部文集不仅是对故乡的热爱和怀念，更是对梦想的追求和执着。每一个故事，都寄托着我对故乡的深情厚谊；每一篇文章，都凝聚着我对梦想的无限向往。在撰写这部文集的过程中，我得到了许多人的帮助和支持。我要感谢我的家人，是他们给予我无尽的关爱和鼓励；我要感谢我的师长和朋友，是他们给予我宝贵的建议和帮助；我要感谢所有热爱故乡、怀揣梦想的人，是他们给予我无尽的灵感和动力。最后，我要说，《寻梦赶水》文集不仅是一部记录故乡风貌和人文精神的书籍，更是一部寄托梦想和追求卓越的作品。它将永远伴随着我，成为我人生旅途中最宝贵的财富。我相信，这部文集也将成为连接我们每一个人的桥梁，让我们在共同追求梦想的道路上携手前行。

王金安

2024 年 3 月 8 日

目 录

第一章

边贸重镇

【导读语】

夜郎溪、三江县、南平军、赶水镇等，在二千二百多年的历史长河中，各自演绎了不同的风采。历史绵延于今，文化传承于此，史迹保存于斯。要寻梦赶水，请跟随我的脚步，寻找那历史上的赶水、綦河边的赶水、诗词中的赶水、古道上的赶水、桥乡里的赶水，你就会看到那河、那桥、那山、那路、那碑、那庙、那寺、那街，无一不是赶水所特有的景致。从而，感悟其悠久之历史、厚重之文化、旖旎之风光，诗情画意，如梦如幻……

第一节　历史上的赶水

　　穿过时空的隧道，沿着古道上马帮的脚印，伴着河岸的石刻，在綦河奔流的赶水土地上，翻开留在历史上的记忆，寻找人类在赶水生活的足迹，你会惊奇地发现，赶水是渝黔交界的边城，历史与文化早已在这里与本土的特色资源交相辉映，谱写了赶水灿烂辉煌的篇章。

　　赶水镇位于重庆市綦江区南部，东邻关坝镇、扶欢镇，南接安稳镇、贵州省桐梓县坡渡镇，西与打通镇、贵州省习水县寨坝镇接壤，北与东溪镇相连，为渝南边贸重镇。

　　赶水汉代属夜郎古国，唐代置三溪县。据《大清一统志》载："在县东南，唐置，属南州。"据《元和郡县志》载："三溪县，贞观五年置，以县内有僰溪、东溪、葛溪三溪合流，故为名，其县城甚高险。"北宋置南平军，熙宁七年（公元1074年）熊本平穆斗之乱，在铜佛坝（今赶水对岸）设置了南平军，隶夔州路，防守川黔边界，南川县、隆化县和荣懿等寨划归其管辖。次年，撤销南川县，并入隆化县。南宋嘉熙三年（公元1239年），南平军治所由铜佛坝迁至隆化县。元朝置南川县，元世祖至元二十二年（公元1285年）废南平军，改隆化县为南川县。据《大明一统志》载："在綦江南九十里，邑中惟南平军古迹最多。"明朝置赶水驿传。明洪武四年（公元1371年），綦江编户八里，赶水属东溪里。永乐年间，綦江缩减至编户五里，直至以后的很长一段时间，赶水都属安稳里管辖，简称安里。在这里设有赶水驿站，以供一定品级的官吏往来，以

○ 赶水全景

及传递诏令文书的人夫车马食宿等用。清末设赶水场，仍属安稳里。民国十三年（公元 1924 年），綦江县设八个区，赶水场为第五区。民国二十四年（公元 1935 年），綦江县设三个区，赶水场属第二区。中华人民共和国成立后，即 1950 年初赶水设区，名为"綦江县第三区"。1952 年后更名为綦江县赶水区，区公所办公地点置赶水场上，即现赶水镇机关所在地，辖赶水、扶欢、安稳、土台、羊角、适中、藻渡和岔滩 8 个乡。1958 年全区 8 个乡改为公社。1978 年后，又恢复了乡级基层政权建制，全区 8 个公社更名为乡，统一使用"乡人民政府"的吊牌和公章。1992 年 5 月，撤销赶水区公所设赶水镇，由赶水镇代管原赶水区 6 乡 2 镇。1993 年 11 月，全县实行区划调整，赶水、适中、藻渡、岔滩乡合并为赶水镇。至此，赶水镇结束了代管原赶水区 6 乡 2 镇的历史。2001 年 7 月，撤销土台镇，将原土台镇的洋渡村、大坡村、苦竹村、土台村、麻柳村 5 个村和土台居委会划归赶水镇管辖；将张家村、李家村划归打通镇管辖。土台镇撤销后，新增设了土台办事处。2001 年 12 月，赶水镇开展了村级"撤并建"工作，将原有的 42 个村调整为 21 个村，419 个合作社调整为 169 个社。设 5 个居民委员会，28 个居民小组。

○ 赴水老街——上街

据传，因唐代大诗人李白遭朝廷流放夜郎途经赶水时，在现在场镇背面的一个大岩石上书"夜郎溪"三字，故唐时赶水叫"夜郎溪"。北宋熙宁七年（公元 1074 年）熊本平穆斗之乱，平定南疆，护水安营，穆斗举溱州地五百里来归，为田寨九堡，熊本于铜佛坝设置南平军衙，因此"赶水"因熊本"捍水"而得名。明朝万历二十七年（公元 1599 年），贵州遵义（当时叫播州）的杨应龙为了反对明朝的残酷统治，揭竿而起，统领 30 多万人马大举向南进发，途经赶水时成立了临时县政府，谓之"三江县"。万历二十八年（公元 1600 年），当杨应龙引大军奔赴重庆后，明朝派刘綎大将军到重庆镇压，杨应龙挥师回驻赶水。

为什么赶水镇素有边城之称呢？因为赶水自古以来既是川黔交界的水运码头，也是川黔盐马古道上的一个陆运码头。210 国道、川黔铁路、G75 兰海高速公路、渝黔高速铁路等贯通全境。境内设有赶水客运和货运火车站、高铁赶水东站、贵州省习水县汽车站等，且贵州温水镇、习水县、赤水市等地都有客车直达赶水，每天流动人口 3000 多人，形成了繁荣的边贸经济。

○ 渝黔高速公路赶水出入口

○ 桥乡赶水

　　藻渡河、松坎河、洋渡河三河交汇于赶水，史称"三江来潮之地"。据史书记载，赶水在春秋战国时期就有人类居住，藻渡河、松坎河、洋渡河流域，是古代僚人的主要聚居地。他们依山而住，傍水而居，住吊脚楼，男着左衽衣，女着通裙，靠捕鱼和狩猎为生。宋代，僚人叛乱，朝廷派熊本率军平僚，并设南平军政府，明朝设赶水驿。清初，张献忠和清军入川，赶水百姓惨遭屠戮，今赶水居民大多为湖广填四川时迁入的移民后人。赶水居住有占綦江人口最多的少数民族苗族，他们能歌善舞，一直传承其独特的地域文化。他们的婚葬、服装、语言等习俗都与汉族不同，蜡染、刺绣、芦笙舞是苗族最大的特色，极大地丰富了赶水的历史文化。

　　赶水境内矿产资源十分丰富，贮藏着煤、铁、铜、方解石、石灰石等，曾经建有松藻、藻渡、梅子、适中、同兴等 10 多家煤矿，土台、岔滩、小渔沱 3 个铁矿，还建有赶水水泥厂、麻柳滩砖厂、赶水红砖厂、赶水电石厂、赶水汽配厂等企业，形成了能源开发、建筑建材、机械加工和工业品批发的企业格局。特别是 2020 年以来，推进页岩气开采及综合利用，完成麻柳丁页 15# 管道铺设工程、太公村丁页 11# 及土台丁页 13# 工程。投资 1000 多万元，建设香山片区天然气进村入户工程，广大农村居民生活水平得到进一步提高。

赶水镇土地肥沃、气候温润，适宜农作物生长。近年来，赶水农业走产业化发展道路，形成了许多地方特色品牌。草蔸萝卜、铁石垭蜜柚、布朗李是赶水的三大农作物名片。适中羊肉、赶水辣子鸡是赶水最著名的特色名菜。此外，赶水还有三大名小吃，即赶水萝卜干、赶水豆腐乳、铁石垭余家米粉。

赶水镇山清水秀，漂流是赶水旅游的最大特色。西南第一漂，即藻渡河漂流，滩险水急，沿岸风光旖旎，被誉为"小三峡"，许多中外游客慕名前来体验。现西南第一漂改到了另一条河——响马河。响马河两岸山势陡峻、万木葱茏，每逢盛夏，漂流者络绎不绝。近年来，赶水打造了另一旅游胜地——石仓岩旅游度假区，可远眺城乡，近听松涛，春来赏花，夏临纳凉，秋到观景，冬至赏雪。

赶水镇，曾先后荣获重庆市小城镇建设试点镇、重庆市市级中心镇、重庆市"百镇工程"镇、渝南经济走廊市级示范边贸镇、全国体育先进镇、全国文明镇、全国重点镇等荣誉，于是有诗《赶水颂》曰：

> 赶水悠悠历史长，川黔重镇誉桥乡。
>
> 动车东站今崛起，边贸南渝日渐强。
>
> 雨露阳光滋雅气，文明城镇促盛昌。
>
> 千年文脉传承久，发展创新谱华章。

○ 赶水老街—中街

第二节　綦江河边的赶水

　　当我踏上赶水的土地，仍见河流奔涌，却不见昔日河中船来船往的码头盛况，只有一只孤零零的乌篷船靠在岸边，昭示着曾历经一千多年后依旧存在的渡人功能，神韵悠然……

　　如果要探寻赶水的历史与文化，那就要去了解綦江河。綦江河，是长江上游南岸支流。綦江河的源头在哪里呢？据明代曹学佺《蜀中名胜记》载："江发源夜郎，作苍帛色，故名綦。"又因流经夜郎境，曾称夜郎溪。南齐时称僰溪，元代又称南江。据《中国河湖大典》《四川江河一览》《习水县志》上的记载，綦江河发源于贵州省仙源镇。据《中国河湖大典》载，綦江河发源于海拔1448米的贵州省习水县仙源镇黄瓜垭大獐村河坝组。为此，当地还立有一块"綦江源"的石碑。

　　綦江河，作为綦江人的母亲河，到底发源于哪里呢？2015年3月至7月，綦江区政协、水务局、石壕镇组建了联合考察组，经过艰辛的长途跋涉，实地寻找和踏勘了綦江河的源头，并将结果上报重庆市水利部门，得到了确认。綦江河的源头，其实就在綦江区石壕镇万隆村大垭口老鹰岩，全长234.7公里。为此，綦江河源头有了明确的答案。

　　綦江河，不知历经了多少急流险滩，才来到了赶水场边，与赶水结下了不解之缘。从夜郎溪一路走来，历经1400多年，因河成就了赶水码头，因河形成了赶水场镇。

○ 赶水一角

綦江河，自古就是川盐运黔的重要水道。清代以来，对其航道多次进行局部整治。抗日战争爆发后，民国二十六年（公元 1937 年）11 月，国民政府迁都重庆。次年 1 月，导淮委员会西迁入渝，奉命承担綦江航道治理任务。为战时经济需要，制订了以建闸坝为主、整治浅滩为辅的第一、二期建设的渠化计划。一期工程于 1938 年 11 月开工，1941 年 3 月竣工，在干流及支流蒲河上共建成 5 座船闸。闸室均为宽 9 米、长 66 米，一次可通行 5 吨木船 12 只或 15 吨木船 6 只。其中，盖石洞是中国第一个二级连续船闸，总水级 9.2 米。当时，船只过闸，传为奇闻。二期工程，自 1940 年 8 月至 1945 年 3 月，建成石溪口大中闸、滑石子大华闸、剪刀口大常闸等 3 座船闸。闸室均为宽 12 米、长 60 米，可通行 30 吨级木船，长江小汽轮能过闸至三溪镇。据统计，1938 年綦江通航船只 1600 多艘，年运量 4.8 万吨。1941 年 2 月，船只增至 2600 多艘，年运量 30 万吨。因抗战时期的铁矿厂生产铁矿和矿石砂，这些铁矿和矿石砂要用綦江河上的货船在赶水码头装运，再去到重庆的兵工厂需要的车间里，发挥着綦江河作为抗日战争时期运送战略物资通道的作用，用这些铁矿和矿石砂制造的武器去抗击日本侵略者，因此，綦江河又成了一条生命通道。

綦江河上游松坎河，自源头向东至胜利乡与发源于韭菜坝的支流相汇，折向东北经蒙渡至松坎镇。千年古镇松坎，是清代后期綦江河上源崛起的场镇之一，素称黔北门户。咸丰七年至咸丰八年（公元1857—1858年）贵州战乱频发，各途皆阻，唯松坎尚通川路。向北又转西偏北入綦江境内，至赶水镇，左纳洋渡河、右纳藻渡河。松坎河坡降陡、滩密险、河槽浅，常年水深仅30至40厘米，流速一般2至3米每秒，河床多大卵石或顽石。船舶行驶，不仅上水拉纤，下水也需利用挽纤控制航速航向，或船工涉水抬船推进，有的河段船体几乎是擦着河床航行。清咸丰年间，老百姓曾创造了一种纯由木板钉合而成的仅见于綦江航运的软板船。清同治年间，治理松坎河，解决了部分航段的运输困难。光绪年间，对松坎至江口数百里水路加以疏浚，并开拓松坎河上游，航线由松坎向上延伸六七十里，直抵新站。民国二十三年（公元1934年）和民国二十八年（公元1939年），分别对桐梓县松坎河段及松坎白石塘至赶水段进行治理。抗日战争期间，松坎河是由重庆经川江、綦江、松坎河水运至松坎，再转贵阳的筑渝联运线的组成部分。

响马河，属贵州松坎河水系，发源于黔北崇山峻岭之中，于响马河漂流起漂处的两河口流入綦江赶水镇地界，在赶水与藻渡河、洋渡河同汇綦江河。

洋渡河，发源于习水县东北大娄山系，北流入綦江区赶水境，河长35千米，流域面积257平方千米。

○ 綦江河边的赶水

藻渡河，是綦江河的一级支流，发源于南川区金佛山自然保护区，经南川区头渡镇、金山镇，向南进入贵州省桐梓县，过狮溪镇、羊蹬镇、坡渡镇，进入綦江区赶水镇，在赶水场镇处汇入綦江河。河窄坡陡，呈典型的深丘峡谷地形。流域内植被较好，耕地率低，流域上游为金佛山暴雨区，洪水陡涨陡落，来水量较丰沛，多年平均径流深达700毫米以上。

○藻渡河风光

当你来到边贸重镇赶水，你就会欣赏到三河融汇一河的奇观。"南来北往通四海，西进南出聚三江"是最真实的写照。历史上的赶水作为河运的枢纽，曾经"白昼千船竞发，夜晚万盏灯明"的繁荣景象已经一去不复返了，只有在穿越时光的岁月中浮想。

别了，松坎河！别了，洋渡河！别了，藻渡河！永远镌刻在人们心里的，还是那一条叫綦江的河流，边贸重镇赶水边上的綦江河。因为綦江河赋予了赶水不同的魂魄，历史是魂，现在是魄。

赶水码头，依托綦江河，下达长江，上溯黔境，水路交通发达，自古以来就是一个盐运起岸、仓储与转运的繁华水码头。作为川黔要道的重要口岸，赶水码头既是赶水场的发源地，也是解放前，川黔交界最大的盐运集散码头，更是当时煤、铁、糖、酒、粮食、桐油及各种土产等大宗货物出入川黔的重要通道。民国二十二年（公元1933年），在此专门设立了綦江赶水船舶管理处。据民国三十年（公元1941年）资料记载，当时日常停靠船只常在800只以上，多时达1000只以上。日有力夫200余人、驮马300多匹，在此搬运盐等货物。每当夜晚，码头沿河两岸，船火点点，人声鼎沸。中华人民共和国成立后，因川黔公路、川黔铁路的畅通，码头来往船只急剧减少。20世纪90年代初，赶水木船社解散，码头铁石垭渡口只有一只乌篷船渡人。

赶水码头是川盐入黔的重要集散地。据史料记载，清乾隆初年，川盐运黔已形成綦岸、仁岸、永岸、涪岸四大运输食盐的商贸路线。

綦岸，又名綦边岸，以綦江河与长江交汇处为起点，逆綦江河而上，川盐在綦江赶水、桐梓松坎起岸后再转陆路分运，食盐销区主要辐射黔北、黔南片区，并扩展至贵州腹地。綦岸运盐主线：綦江县城、三溪、盖石洞码头、羊蹄洞码头、太平桥码头、赶水码头、牛口石、松坎、新栈、中冈、枧坝、绥阳、遵义、羊崖关、崖坑场、瓮安、平越和都匀。据民国十九年（公元1930年）《贵州盐务月刊》载："綦岸，自盖石洞经羊蹄洞、太平桥至赶水码头分两条支线：第一条经九盘子、观音桥、石壕、苏家井、撮箕口、夜郎坝而至新栈；第二条线经松坎、清水溪而至新栈，运销桐梓、遵义、贵阳各地。木船运食盐，经长江、綦江，江津至盖石洞，历时8日；小木船运食盐，盖石洞至羊蹄洞到太平桥，历时1日；太平桥至赶水至松坎，历时4日。"綦岸川盐贸易业的兴盛，对沿线和销区的社会、经济、交通、文化的发展产生了深远影响，留下了厚重而多样的盐运文化遗产。

赶水码头文化，注入了赶水人的血脉。码头文化的流动性，赋予赶水人更多的开放性和兼容性；码头文化的竞争性，赋予赶水人更多的危机意识和较强的求生意志；码头文化的特色性，则赋予赶水人更多的自由精神和适应能力。

生活在赶水镇的人们，历经人生风雨，饱受尘世沧桑，在码头文化的浸润中，写满了不屈与坚守；穿行在诗情画意的时光里，行走在朴实素简的岁月

○ 川黔铁路赶水大桥

○ 綦江河羊蹄洞码头闸坝旧址

○ 赶水码头旧址

中，用勤劳与善良见证着生命的真实。

綦河边的赶水，如同一位时光老人，一如既往，默默地完成自己的使命时，静静地送走春，又匆匆迎来夏，见证着花开花落，成全着古往今来。只是所有的往事经灵魂河水的洗礼，已成为永久的回忆。而赶水的风韵，人们的淳朴，在迷离的岁月里，要做一次一意孤行的怀想。追寻赶水的云烟旧事，在感怀的岁月里，怀着清澈的梦走来，带着未醒的梦离去。若干年以后，再以落花的方式怀念赶水的时光，追忆赶水逝去的年华。

第三节　诗词中的赶水

一个人仅拥有此生此世的现实世界，是远远不够的，还必须拥有一个诗意的世界，即能记住乡愁的地方。那里有安静得如同被人遗忘的码头，那里处处彰显着人性的率真与淳朴。花自开来水自流，自然的生命季节循环不息，到处是一片宁静与祥和。有人说，赶水是一首用诗歌的形式写成的有韵之诗、绘就的多彩之画。

○ 赶水河畔春色浓

○ 小城故事题记

　　走进现在的赶水场镇，是一条 210 国道穿过的街道，相对于那些古色古香的场镇来说，赶水这样的场镇，仿佛是一幅未完成的铅笔速写，太粗犷，也太简单。这里没有青砖黛瓦的老房子，没有青石铺就的石板街，没有狭窄悠长的水巷子，没有檐下悬挂的红灯笼，没有年代久远的石拱桥……

　　不知是谁置于水域的边缘，让黑夜的思念，成为一尾来回游弋的鱼，咀嚼着桥乡的碧水。渐行渐远的故事，在不经意间轻轻地回眸。搁浅在赶水河滩上的老船，感觉到唯有一场雨季，才能诠释生命的辉煌。注定会有一种命运的沉浮，涌动在怀念的天空，那是沉寂弥久的诗句。注定会有一种生命的祈祷，摇曳在青翠欲滴的春天，撩拨了灵魂的颤动，让人想起生生不息的赶水，滋养了无数游子的梦。

　　山在变绿，水在变清，天在变蓝。在赶水的青山绿水之间行走，欣赏诗情画意的风景，领略时代变迁的气息。秋天的赶水镇是充实的，人们一天的生活从车水马龙的穿梭中开始，一户户美味飘香的早餐在镇上拉开帷幕，一句句深情的问候在镇上掀起生活的热潮，一声声火车的鸣笛催响了镇上静止的时光。

○ 记忆中的夜郎溪

　　奔流不息的河水，打湿了寻梦的情怀。还有横跨在河上的川黔公路桥、川黔铁路桥、高速动车桥、高速公路桥，默默描绘着赶水发展的宏图，见证着河水的千年沧桑。

　　赶水，原名夜郎溪，是否是唐代大诗人题写已无从查考，但赶水河岸一块大石上刻有"夜郎溪"三个大字却是历史事实，这为赶水的厚重文化增添了浓墨重彩的一笔。

　　自古以来，边贸重镇赶水既是兵家必争之地，也是人文荟萃之乡。綦江官吏、文人墨客、带兵将军等，或多或少为赶水这片热土留下了不朽的诗词，有的感事，有的抒情，有的怀古，有的赞颂，从不同角度反映了赶水不同时代的历史文化及发展变化。

　　宋代诗人刘望之（1131—1162），曾任南平军教授，到赶水游历时写了《水调歌头·夜郎溪春泛》一词：

　　劝子一杯酒，清泪不须流。人间千古，俯仰如梦说扬州。何况楚王台畔，为云为雨，无限人事付轻沤。聚散随来去，天地有虚舟。

○ 诗意赶水

谪仙人，解金龟，换美酒，再与君游。流觞曲水且赓酬，麾盖飞迎过霭，江滨响振歌喉，拼醉又何求。三万六千日，日日此优游。

赶水夜郎溪石上刻云："宋颜师贤庚寅四月十五日偕陈光寿伯仲，载酒泛舟，亲寻观堂先生旧题。追想前游已十五年，先生去而我等再至，因大书先生水调词于壁，以为异域之光。"此石刻，交代了本词写作的背景。词中"谪仙人"是指唐代大诗人李白被流放夜郎的历史事件。词中表现出了诗人"江滨响振歌喉"的豪迈与"日日此优游"的愉悦心情。

明代诗人杨慎（1488—1559），明朝著名文学家，才识突出，被称作明朝三大才子之首。他从重庆到云南，路过赶水时曾写有《夜郎曲》：

夜郎溪槃木，阴中半景西。

渔舟投树宿，水鸟逗花啼。

诗中"水鸟逗花啼"，表现出了诗人被贬官到云南时的郁闷心境。"花"怎么会"啼"呢？原来是有"水鸟"在"逗"花。诗是诗人心声的袒露，有什么样的心境就能写出什么样的诗句。这句诗与唐代诗人杜甫"感时花溅泪"的诗句有异曲同工之妙。试想，杨慎如果是升迁到云南，那诗的最后一句可能就会写成"水鸟逗花笑"之类的句子了。

明代刘綎（1558—1619），《明史》称赞其为"诸将中最骁勇"，后世誉为"晚明第一猛将"。在平播战争的八路明军中，刘綎受命担任最为重要的綦江一路，平定播州杨应龙叛乱，刘綎之功最大。他在平播取得决定性胜利之后，移师至赶水，诗兴来潮作诗《夜郎溪题壁》：

王师平播此经过，勒石磨岩纪凯歌。

万古千秋留胜迹，一同翘首一摩挲。

诗中"勒石磨岩纪凯歌"，表现出了诗人效仿古人勒石纪功的做法，彰显出他班师回朝的英雄豪气。

孟易吉，湖广武昌（今湖北鄂州）人，清顺治十一年（公元 1654 年）拔贡，顺治十八年（公元 1661 年）任四川重庆府綦江县令，在左迁云南鹤庆府途中，从綦江到赶水时写了《留别南平四首》：

（一）

七年草草一劳臣，总为残黎倍苦辛。
宦舍萧然如客舍，官人依旧是儒人。
羞将玉骨逢时眼，难把清风买世珍。
古剑瀛山应莫笑，此心还可对枫宸。

（二）

宦游天末楚身孤，冰檗全消古节殊。
但得此心无愧怍，更须何地说艰虞。
怀才不敢鸣鹦鹉，去国惟甘听鹧鸪。
父老毋劳遮马首，后来还有范莱芜。

（三）

斩棘披荆事惘然，不堪回首向人宣。
霾清已戢豺狼窟，柝静稍安鸿雁天。
庾信乡关悲思切，马援薏苡谤谁除。
偷闲且去寻丘壑，好嗜樊湖缩项鳊。

（四）

一官束缚与心违，午夜思量底事非。
百舌过时休发口，杜鹃诉苦不如归。
入川愧并无琴鹤，返楚欣还有钓矶。
好水好山吾自分，看他裘马去轻肥。

诗中"总为残黎倍苦辛"，表现出了诗人勤政为民的艰辛；"好水好山吾自分"，表现了诗人即将离开綦江赶水时对那熟悉的山山水水、一草一木的依依惜别之情。

顾汝修（1708—1792），资州人，官历翰林院编修、御史、顺天府尹、大理寺少卿，官至正一品。在赶水游历时写下诗《过夜郎坡》：

夜郎东去说三坡，负戴征人唤奈何。
我辈风尘凭阅历，不登泰岱不巍峨。

○ 撑舟下夜郎

诗中"负戴征人唤奈何"，表现出了诗人四处奔波的无可奈何与离愁别绪。

清代诗人李楫（1765—1837），合江县（今虎头乡）人。清乾隆五十八年（公元1793年）从军，因功授蓝翎把总，驻守綦江，留下了一首《夜郎溪怀古》：

鼓擂喧天日，钟声落枕长。

寒虫号未已，栖鸟韵相将。

客走空山寺，舟撑下夜郎。

撑舟下夜郎，载客访遗事。

岩足锁荒烟，树根遮古字。

读之不成章，酷日悲风厉。

吁嗟题石人，都为人所弃。

低首不复言，默默怜此意。

返棹泊河西，陟彼南平治。

不见南平军，金戈和铁骑。

当途瓦砾荒，怆然下远泪。

昔为官守城，今为牧马地。

徘徊四吊之，谷口大风吹。

日午转前溪，帐断谪仙至。

款步进禅堂，萧条双古寺。

诗中"撑舟下夜郎，载客访遗事"，诗人和客人一起到赶水这个川黔边境重镇寻访的是历史上有影响的遗迹。"日午转前溪，怅断谪仙至"，诗人满腹愁肠地想到了被贬流放的诗仙李白曾经到赶水游历生活过，想到这里也曾是一个风景优美的地方，要不然"一生好入名山游"的浪漫主义诗人李白也不会来这里饱览风光。

罗星（1777—1858），綦江人，号春堂，曾考中举人，主持编纂清道光《綦江县志》，著文甚多，广为流传，留有诗《古南平军》：

> 军启南平控百蛮，当年官吏亦清班。
>
> 江城喧嚷通冠盖，词客从容赋往还。
>
> 碑版尚留铜佛坝，烟云空护石人山。
>
> 夜郎溪上重回首，明月清风附等闲。

诗中"军启南平控百蛮，当年官吏亦清班"，写出了当年南平军的重要地理位置与军事作用，在这里从事管理的官吏也是很清苦的。

清代诗人赵旭（1812—1866），贵州桐梓人，曾任桐梓、荔波县训导，兼都匀府教授，著有《播川诗抄》，留有诗《赶水》：

> 唐置三溪县，南平宋设屯。
>
> 水交分脉络，山众列儿孙。
>
> 盐荚归舟集，茶烟夜馆喧。
>
> 蜀东黔北道，此地亦篱藩。

在这首诗中，诗人不仅写了赶水的历史沿革，从三溪县到南平军，再到蜀东

○ 远山黛色若有无

○ 时光铭刻的赶水老街

黔北道；还描绘了赶水的商贸与市井生活，这里是盐运集散的地方，每当夜晚来临，茶馆喝茶的人，烟馆抽烟的人，人声鼎沸，热闹非凡，好一派繁华景象，令人神往。

当这些诗意的旋律，依旧闪烁在岁月的枝头时，总能感觉到赶水的脚步。在青草铺就的清澈河畔，无忧无虑地唱起那首人们都很熟悉的歌谣，那是被岁月浓缩的天空，那是异乡人眼中家的影子。每一句浓浓的方言，都是那样的难以忘怀，就像彼此初识与重逢。总有一种久违的牵挂，在赶水的水域与你相撞。总有一种历史的流淌，来自桥乡悠长久远的思念，只是在回首的瞬间，扬帆的船只已离开了赶水。诗词飞翔，阳光的呓语在赶水的背景中凯旋。远去的川黔盐马古道上的驼铃，一次次浸透沉积的风景，似彩虹般美丽和诱人，成为半梦半醒的绝唱。

每个人心里，都住着一个小镇，那是我们的诗与远方，是我们理想生活的制高点。我读到了这些关于边贸重镇赶水的诗词，从这些诗词中读懂了赶水源远流长的历史、底蕴深厚的文化、山川秀美的景色，这就是我心中的诗意赶水。

第四节　古道上的赶水

　　边贸重镇赶水，二千二百多年的沧桑文脉绵延于斯，渝南黔北的灵动山水滋养人文。曾经的川黔盐马古道交会于赶水镇，那些历史建筑、名胜古迹、璀璨文化、民间美食等，均是岁月长河洗礼之后而留下的精华与记忆。

　　据史料记载，明、清时期途经赶水入贵州省桐梓的川黔盐马古道有四条：第一条是从东溪、赶水南坪、藻渡、适中、马桑台、兰鹰台、崇溪河到夜郎镇；第二条是从赶水适中分路到哨楼岗，下龙仓子到石门隘（今石门坎）、盐井河、木竹河到松坎；第三条是从赶水经谢家湾、太公铺、黄泥榜、九盘子到石门隘和松坎；第四条是从赶水经大河坝、白石溪上九盘垭。

　　贵州是西南地区唯独不产盐的省份，川盐便是其最主要的食盐来源。因旧时贵州交通不便，人民生活中严重缺盐，部分山区甚至出现了"斗米斤盐"现象。民国时期，贵州部分地区若以苞谷换盐，要三斗苞谷才能换得一斤食盐。按每人每月食用苞谷七升半计算，就等于以四个月的口粮换取一个月的食盐。在抗日战争时期，贵州省盐与米的比值竟高达1：76，即76斤大米才能换1斤盐。贵州食盐紧缺及盐价高的问题极为突出。

　　綦岸陆路盐马古道，是古代重庆乃至整个四川的对外交通要道。据《綦江县志》等记载，两千多年前，贵州、云南从四川等地运进盐等生活必需品，而重庆、四川又从云、贵输入茶叶，一来二往，就形成了这样一条横贯四川、重庆、贵州、云南的盐马古道。这条道路从重庆海棠溪出发后，经由巴南石岗进

○ 穿越大山的川黔盐马古道

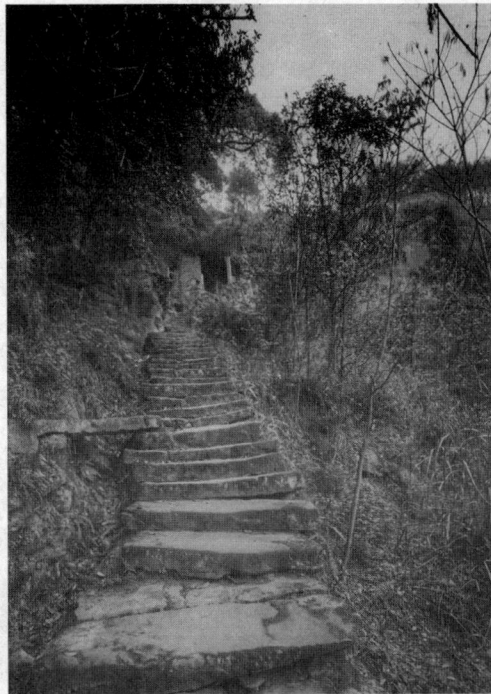

○ 赶水铁石垭的川黔盐马古道

入綦江境内，最后从赶水码头进入贵州，主要通过马帮和人力来完成运输任务。陆路在崇山峻岭间穿越，石板铺路，遇河修建石桥，最宽的地方不到 2 米。盘桓于山腰、蜿蜒于云端的道路两旁，常常就是悬崖绝壁。这一路要翻过南山、龙岗山、九盘山、尧龙山等 9 座大山，背夫和马帮往返一趟需要 20 多天。

据清道光《綦江县志》载，从赶水通往外地，或外地通过赶水境内的盐马古道有 2 条，即川黔盐马古道和綦习盐马古道。

川黔盐马古道，由重庆通往贵阳，全长 991 里，早在西汉时就已开辟，以后由各朝代官方和民间不断改修、补修而成。县境内，从巴县天桥入境，经号房、古南镇、桥河、马口垭、鱼梁河、分水岭、镇紫街、东溪、赶水、太公铺、九盘子、大水井、观音桥、羊角脑，与红稗土接黔境，长 219 里。西汉、东汉、三国、两晋、南北朝、唐、宋、元、明、清至解放前，商贸、行旅、马帮，均由此道往返重庆、贵阳、昆明等地。川黔公路和川黔铁路建成通车后，川黔盐马古道不再是川黔交通干线。

现在从东溪太平桥码头经过僚人碑，綦江沿着古道流淌，由东溪到赶水间

○ 綦习盐马古道

还保存了一段石板古道，虽然现在古道大多铺上了水泥，但走向和宽度基本上保持了原貌。在这段古道上有一个叫渔沱的地方，有一石三碑、三石一桥的著名景观，现由于水泥覆盖，三石一桥的景观也不复存在，但一石三碑的景观却特别引人注目。这里曾是 70 年前贵州省桐梓县与四川省綦江县的一处分界线，三块碑均刻在一块巨大的红砂岩石上，一块为功德碑，为皇帝钦准勒石为碑，"圣旨"二字尚清晰可见，其他文字不能辨读；一块为桐邑养生塘碑，碑文较清晰；第三块为川黔两省綦桐二县交界补修碑，记载了清道光年间两县民间集资修建道路的情况。这一带曾是桐梓县的居仁乡，是桐梓县插入綦江县的一块飞地，与赶水、东溪连界，由于不便管理，于民国三十七年（公元 1948 年）划归綦江县管辖。

綦习盐马古道，由綦江县城至贵州习水县之温水场，全长 180 里。县境内自县城起，沿川黔盐马古道至东溪，经福林、赶水土台、铺子坳、打通垭、木坡台、石壕、李汉坝至犁园坝接黔境，全长 150 里。山区人民所需的盐、布匹等，全靠马帮、背夫由赶水运去，而贵州省习水县及綦江石壕之山货、土产亦用

○ 赶水早岩头的川黔盐马古道

马帮、背夫运于赶水等地出售。1959 年，张家坝至温水公路通车后，此路被取而代之。

綦岸盐马古道的陆路，是水路盐业运输的重要补充和辅助。当綦岸水路受洪水、险滩等影响，无法将食盐送达指定的销盐地时，陆路便发挥着独特的作用。其中川黔盐马古道、綦习盐马古道均在赶水交会，足见赶水地理位置的重要。

盐马古道，曾经是成千上万辛勤的背夫、马帮，日复一日，年复一年，在风餐露宿的艰难行程中，用清悠的铃声和奔波的马蹄声打破了千百年山林深谷的寂静，开辟出的一条通往川、贵、云的经贸之路。在千山万水奔波谋生的特殊经历中，造就了经商者讲信用、重义气的性格，锻炼了他们明辨是非的能力。他们既是贸易经商的生意人，也是开辟盐马古道的探险家。他们凭借自己的刚毅、勇敢和智慧，用心血和汗水浇灌了一条通往川、贵、云的生存之路、探险之路和人生之路。

历史已经证明，盐马古道原本就是一条人文精神的超越之路。马帮与背夫每次踏上征程，就是一次生与死的体验之旅。盐马古道的艰险超乎寻常，然而沿途壮丽的自然景观却可以诱发人潜在的勇气、力量和坚韧，使人的灵魂得到升华，从而衬托出人生的价值。

在两千多年前古人开辟的盐马古道上，成群结队的马帮身影不见了，清脆悠扬的铃声远去了。然而，留存在赶水盐马古道上的先人足迹和马蹄印，以及对远古千丝万缕的记忆，却凝聚成赶水人一种崇高的生生不息的拼搏创业精神。

现在，当人们走在盐马古道上，道边曾经的吊脚楼，已随岁月流逝而消失，但你会震撼地感悟到，它就是当年通往川贵云的一条"高速公路"。有诗咏盐马古道："五花石板凹凸痕，千磨万踏光阴成。川盐入黔行古道，留得铿锵告后人。"

在新时代的乡村振兴中，残存的盐马古道再一次得到延伸，仿佛又回荡起马蹄的声音。曾经的古道，峭壁绝崖，携手藤蔓荆棘、雨露霜雪，拉住春夏秋冬，无一不是路上并肩的兄弟姐妹。今天，飞机的翅膀收拢了马蹄，乡村旅游，用古朴修复着创伤。面对两千多年繁重的劳作和迁徙，面对在马背上绿了又黄的千年古道，面对这不断把乡愁送向远方的游子，仿佛我自己就是其中一块石板……

走进赶水，你便穿越了二千二百多年的历史风云；走进桥乡，你就欣赏到古道文化的丰富厚重。

○ 黄葛树下我的家

○ 赶水纵横交错的桥

第五节　桥乡里的赶水

　　岁月执笔，编撰赶水的欢喜，勾勒一座边城的壮美，描绘一幅桥乡的画卷，泼墨一段岁月的明艳。若心安静，方可读懂赶水的历史，方可聆听边城的故事，方可追寻桥乡的斑斓。终于明白，桥乡是魅力无穷的，去春天的路口种花，收获一场万紫千红；去夏天的河边看水，浮想一河百舸争流；去秋天的夜里点灯，照亮一片丰收原野；去冬天的桥边观车，品味一曲奔驰歌谣。

　　流年摇曳，一座座桥梁，一程程柳暗，一村村花明，光阴的卷轴缓缓铺展，延续着赶水的水文化、桥文化。伫立凝思，仍能倾听到赶水人家诉说着远去的桥乡故事。

　　每一座桥，都是有记忆的。它记载着许多优雅的相逢、美丽的错过，收藏着青春年华的生机与梦想。千百年来，它默默地坚守，守护着清澈的河水缓缓流淌，沉载着有缘之人匆匆相聚。它刻画着多少霓裳倩影，成全着多少真情故事，洒落一地的繁华与斑驳。

　　赶水地处渝黔交界的特殊位置，松坎河、藻渡河、洋渡河三河汇入赶水河，顺镇边而过，流入綦河。渝黔铁路、渝黔高铁、渝黔高速、210国道、万梨公路、赶扶公路在此会集，形成了綦江南部地区的重要交通枢纽。

　　赶水场镇沿河两岸，就有公路桥、铁路桥10多座，而且桥上有桥，颇为壮观。

　　赶水场镇因为桥多，被当地群众称为"桥城"。而"桥乡"在当地群众中没有"桥城"叫得响，过去官方及新闻主流媒体也没有用过这个名称，把赶水称为"桥乡"是近十多年来的事儿。

2006年，赶水镇被评为"全国创建文明村镇工作先进镇"，同年又荣获"全国文明镇"称号。2007年4月，中央、市、县三级多家主流媒体到赶水镇集中采访专题报道。通过实地采访，记者们看到了赶水大小不一、形态各异的一座座桥梁，便在报道中称赶水为"桥乡"。之后，赶水桥乡便频繁出现在各级媒体报道中，赶水桥乡由此闻名遐迩。

赶水镇境内究竟有哪些种类的桥呢？总共有多少座桥？赶水镇文化服务中心的一位资深文化人告诉笔者，赶水因河流纵横，境内修建有石拱桥、木质桥、铁索桥、水漫桥、跳磴桥、钢架桥、钢混桥等，总计200多座，其中大型公路桥26座、铁路桥13座，是名副其实的渝南桥乡。

如果登临赶水铁石垭早岩头观景台，会看到不同位置不同结构的一座座大桥，汽车在穿梭，绿皮火车在慢行，高速动车在飞驰……

谢家街210国道老公路桥，修建于民国二十四年（公元1935年），桥梁分为两跨，为钢架式平桥，横跨洋渡河。全长51米，高12米。1975年为210国道公路桥，后为赶水集镇主供水管过河桥兼人行桥。

汽配公路桥，修建于民国二十四年，位于铁石垭村，桥梁为单跨石拱桥，横跨赶水河。全长10米，高5米，为210国道公路桥。

龙洞子赶梨公路桥，修建于民国三十四年（公元1945年），为双孔石拱桥，横跨洋渡河支流。桥全长15米，高7米。解放后，曾两次加宽加固，为赶水至石壕镇犁园坝公路桥。

藻渡河铁路大桥，修建于1953年，桥身共五跨，为石拱桥，横跨藻渡河。全长110米，高19米，系渝黔铁路桥梁之一。

广场坝綦江铁矿专用线铁路桥，修建于1958年，桥梁分五跨，为钢混平桥，横跨松藻河。铁路桥与公路桥上下交错，全长100米，高20米。按时铁道部"站外不准设置岔道"的规定，1973年改道后闲置成为人行过河桥。

客垫湾松藻煤电专用线铁路大桥，修建于1973年，桥三跨十二孔，为钢混拱桥，横跨藻渡河。全长120米，高22米，系綦江铁矿、松藻煤电公司专用线共用铁路桥。

洋渡公路桥，修建于1976年，系原谢家街公路桥改道而建，桥梁为一跨

○ 赶水老街·地母庙街

○ 渝黔高速铁路赶水桥

十二孔，为石拱桥，横跨洋渡河。全长 83 米，高 15 米，为 210 国道公路桥。

中街农贸市场铁索桥，修建于 1983 年，于 1998 年加固改造成钢绳提篮式索桥，横跨赶水河。全长 90 米，高 8 米。该桥为香山村等沿线群众往返赶水场镇的主要人行桥。2013 年因赶水城镇扩展建设需要，该桥被撤除，而取代它的是双车道公路桥，名为民生桥。

赶（水）扶（欢）公路桥，修建于 1988 年，桥梁为三跨十八孔钢混拱桥，横跨赶水河公路、铁路，并与綦江铁矿、松藻煤电公司专用线共用铁路桥成斜跨之交，横跨赶水河。全长 180 米，高 36 米，为赶水镇 210 国道公路通往扶欢镇及沿线的主要便捷通道。

以上这些桥，只是赶水桥乡的一些代表。河流是自然，而桥梁是文化。河流分隔了陆地，而桥梁实现了沟通。水是构成赶水民俗的重要底色，是赶水传统文化的组成部分，而建构于水面上的桥梁，则是赶水桥乡的纽带。

每一座桥梁，都与一段赶水的历史、赶水的文化相关。它们不仅连接水巷的民俗与风情，也连接这座桥城的过去和未来。可以说，赶水人的风俗习惯和文化记忆都和桥密不可分。就拿迎亲过桥来做例子。迎亲过桥的民俗由来已久，《诗

○ 古桥沧桑

经·大明》中有云："文定厥祥，亲迎于渭。造舟为梁，不显其光。"指的就是周文王为了迎亲而在渭河之上用船连接起来搭成一座浮桥。

旧时的赶水地域，也有迎亲过桥的习俗。新轿从夫家抬出去接新娘时，常常不是径直去女家，而是要绕道抬去谢家街桥转一趟，抬回新娘的花轿，再循原路过桥到夫家。每逢过桥，则必燃放鞭炮，讨取吉祥平安的彩头。甚至有些乡下姑娘出嫁也要到谢家街桥上去转一圈儿，图个吉利。随着时代的变迁，婚礼逐渐变得简化，婚车代替了花轿，迎亲过桥的习俗已难再见到。

众多的桥，不仅是桥乡赶水的显著标志，更为赶水增添了许多文化记忆。这里就来说一说江上桥的故事。相传很久很久以前，姜子牙，即姜尚，辅佐周文王之子周武王灭了商纣王，武王尊称他为军师和先生。赶水古道上的谢家街前面，有一座半月牙形单孔石拱桥，名为"江上桥"，这座桥就和姜子牙有关。

一个中秋的傍晚，姜子牙到赶水巡访民情后，途经谢家街前的一座石桥，见一位银发老太太在桥上摆了十多把新蒲扇，声音悠长地叫着："卖扇子啦——来往的客人，请你们买一把蒲扇吧！"姜子牙心想，这老太太早上就在这儿叫卖，卖了一天了，怎么还剩下这么多扇子呢？姜子牙走上前去，捡起其中一把仔细看了看。那老太太所卖的蒲扇，做工精细，扇面平整，都是最近新做的，质量很好。他问："老太太，你这扇子卖多少钱一把？"老太太见是一个白发老翁问价，很高兴地回答："不贵，很便宜的，五文钱一把，你看这么多蒲扇，几天都没有能卖出一把，少两文钱也可卖给你，今天开个张。"姜子牙说："让我在你的扇子上写几个字，保你的蒲扇能在这个中秋赏月的夜晚卖个好价钱。"他拿了十把蒲扇到桥边的一家茶肆里用笔墨在扇面上写下了"愿者上钩"四个大字，并在左旁落款署名姜尚，然后把写好字的蒲扇全部还给了老太太。老太太见自己平整光洁的扇面被姜子牙写上了几个字，急忙拉着他的手不放："我全靠卖这些蒲扇来讨生活，你在扇面上写了这些字，我更不好卖了，你至少要赔我30文钱！"姜子牙见她不理解自己的一番好意，笑着安慰她说："老太太不要着急，待会儿有人前来买扇，你只要说是姜子牙亲题的，每把售价五十文钱，少了一文钱你都不卖！"果然，一会儿桥上就挤满了买扇的人，而且大都是官家人或富家人。老太太的蒲扇卖了高价，收入颇丰，真是喜出望外，对姜子牙不胜感激。

后来有人问那卖扇的老太太，知不知道给扇面题字的人是谁，她说自己不识字，不知道。人们告诉她，给扇面题字的人是当朝国师姜子牙，她甚为惊讶。因为姜太公钓鱼的故事，当时可以说是妇孺皆知、家喻户晓。为了纪念姜子牙关爱民众疾苦的美德，赶水的乡贤们就把他给老太太题扇后卖扇的这座石桥取名为"姜尚桥"，但老百姓却一直叫它"江上桥"。如今，此桥早就消失在历史的长河中，但"江上桥"的故事却一直在赶水地区代代相传。

赶水的桥，是历史的心跳，是文化的沉淀。修路必修桥，路通桥先通，桥

○ 渝黔高速公路复线赶水大桥

○ 历史长河中的赶水廊桥

是路的真正连接点。毛主席"一桥飞架南北，天堑变通途"在即景即时的无限赞美中抒发了人定胜天的豪迈。人们对修桥铺路，始终保持着一种虔敬的褒扬与赞赏，可见桥在民众心中的地位。"一横长桥连接历史，守护山水妙笔丹青"，这是对桥的盛赞。

时间是没有记忆的，历史是有记忆的。顺着历史而来，感受历史在现实中的记忆心跳，放眼横卧在崇山峻岭中的赶水大大小小的、各式各样的、材质各异的桥梁，难道能不为之赞叹吗？

赶水桥，是想象空间的激情，是希望所在的自信。每一座桥都是一种挑战，同时也是一个机遇，在茫茫群山、河流纵横中凸显出特殊的价值和作用，可以装下你所有的想象。赶水的桥梁，毫不夸张地说，映入眼帘的每一座都是满满的诗意。因此，赶水之桥，在诗人笔下，已成为架在民心上最诗意的风景。我们用一条条路、一座座桥，架起了发展的平川之地，天堑变通途已成为现实。

每一座桥，都是一首诗，将河流扛在了肩上，太阳的梦魂是从桥上过来的。行走在赶水的立交桥上，能感受到桥的变迁、时代的发展，更能展现出人生的斑斓色彩。

第二章

悠久历史

【导读语】

有人说，走进赶水，你就穿越了二千二百多年的风云历史；寻梦桥乡，你就能感悟到不同时代的重要事件。让我们一起穿过时光的隧道，漫步边贸重镇，探寻南平僚人的前世今生；了解綦江铁矿的发展壮大、綦江铁矿筹备处的艰难岁月，以及留在藻渡煤矿的记忆；叩开兵工厂的洞门，追思四十兵工厂与双溪机械厂中的那些从事兵器制造的人们，在党的领导下燎原红色星火，为保家卫国所做出的重要贡献，可圈可点，可歌可颂……

第一节　探寻南平僚人

　　南平僚人的存在与消失，是一个历史之谜。许许多多的中外史学家，在浩如烟海的历史长卷中寻寻觅觅，也未能找到确切答案。

　　相传，赶水境内的藻渡河、洋渡河、松坎河流域，曾经是南平僚人生活的地方。

○ 赶水藻渡河

南平僚，又称南川僚、渝州蛮，大约战国末年开始在藻渡河流域出现，活动地带包括现在的綦江全境和黔北地区。南平僚的来源有几种可能，或是贵州中部的夜郎人北迁，或是重庆一带的巴人南移，或是夜郎人和巴人的融合，或是远古的濮人、僰人在此不断生息繁衍。

古代的藻渡河，河水清澈，两岸植被繁茂，南平僚人便居住在沿河两岸所凿的洞穴中。他们起初是靠捕鱼、狩猎为生，后来开始了农耕生活，住所也从洞穴变成了干阑式建筑，即双层楼房，下层养猪、牛、鸡、鸭及搁置农具，上层供人生活、住宿，大都为木或竹结构。现藻渡河沿岸依然保存有类似的干阑式建筑，简陋而古朴。

南平僚人一生打赤脚，从来不穿鞋。男子着左衽衣，妇女用两幅横布，从中贯头而穿，称为通裙。以三四寸长的细竹筒，斜插耳孔作为装饰。南平僚人女多男少，妇女多负担生产劳动，并由女方向男家求婚结亲，女方还要给男方财物，贫苦人家没有嫁妆给女儿作陪嫁，只能把女儿卖给富裕之家作婢女。他们有产翁坐褥的习俗，即"僚妇生子便起，其夫卧床褥。饮食皆如乳妇，稍不卫护，其孕妇疾皆生焉，其妻亦无所苦，炊爨樵苏自若"。

早期僚人，以渔猎为生。在长年的捕鱼过程中，僚人练就了一项特殊的本领，以鼻吸水。《北史·僚传》称僚人"能卧水底持刀捕鱼""其口嚼食并鼻饮"，这是仅见于僚人的极为独特的一种饮水方式。

南平僚人以铜鼓作为礼器，更多的是将其用于战争。历史上不乏僚人击铜鼓举兵的记载，如明万历年间，明朝军队镇压被称为"都掌蛮"的僚人时，僚人大败，一次就被明军缴获九十多面铜鼓，其被俘的首领阿大悲伤至极，痛哭流涕地说："得鼓二三，便可僭号称王。鼓山巅，群蛮毕至。今毕矣！"铜鼓，在僚人心目中的重要性由此可见。除此之外，铜鼓还是僚人的乐器，因他们是一个能歌善舞的民族，这在他们的后裔傣族、布依族等身上就可见一斑。凡是僚人聚居之地，常以铜鼓命名，现赶水镇铜矿村，以前就叫铜鼓村。

从东汉到隋唐600多年间，僚人很少与外部来往，处于封闭的原始社会状态。唐贞观十年（公元636年），朝廷以其地设置溱州，辖荣懿、扶欢等县，汉人逐步迁入该地区。在汉文化的影响下，僚人的经济有了长足的发展，开始学习汉话，用汉名，生活习俗也有所改变，如丧葬习俗由岩葬改为土葬。五代时期，战乱频繁，僚人各酋割据称雄，时降时叛，朝廷鞭长莫及。唐朝末年，统

○ 赶水洋渡河

治者封南平僚的王才进作为宣慰使，以达到以僚治僚的目的。宋朝初期，宣慰使王才进死后，南平僚人没有了统领，便分裂为数个小群体，纷纷在宋朝各疆域作乱。宋太祖乾德四年（公元 966 年），溱州为僚酋李广吉、梁承秀、王衮三族所控，各有数千户，与官府对抗，拒赋税、匿亡命、扰边民、掠财物。欧阳修有《南獠》诗云："遽然摄提岁，南獠掠边陲……吮毫兼叠简，占作南獠诗。"

北宋熙宁年间，朝廷强盛，派熊本讨伐了溱溪附近南平僚，为了防止僚人报复汉人、袭边抢劫汉人、夺取汉人居住的地方，在铜佛坝建了南平军，派了军队驻守。熙宁六年（公元 1073 年），泸州夷罗晏反叛朝廷，熊本奏诏察访梓、夔，得以便宜治夷事。熊本曾经担任戎州通判，熟悉泸州夷生活习俗，认为蛮夷之所以能够骚扰汉人居住的地方，主要是汉人村落中一些豪强给蛮夷做向导，于是用计抓捕了一百多个为蛮夷做向导的豪强斩首示众，其余豪强害怕了，都愿意冒死攻打蛮夷以赎罪。熊本向朝廷奏明，封了一些豪强担任镇守边界的官职，取得了豪强们的拥护。熊本率官军乘胜挺进，平定了泸州夷的反叛，受到神宗皇帝奖赏，赐三品服。熙宁八年（公元 1075 年），渝州南川僚穆斗叛乱，朝廷命梓夔访察使熊本率兵讨伐，进驻铜佛坝（今綦江赶水），溯藻渡河而上，在铜鼓滩一带与僚人发生激战。据《宋史·熊本列传》载："焚积聚，以破其党，穆斗气索，举溱州五百里地来归。"这一战非常惨烈，大多数男僚被杀，藻渡河血流漂杵。据传，藻渡河有野鬼塘，即当年僚妇以漂河灯仪式祭祀丈

○ 赶水藻渡场

夫之处。经过宋军两次讨伐，南平僚被杀戮殆尽，藻渡河一带田土荒芜，人丁凋零，苗人、汉人大量迁入。

据考证，劫后余生的南平僚，少部分融于苗、汉民族中，其余则迁徙至云贵高原，更远迁徙到了今云南西双版纳及泰国一带。1992年，云南民族学院一教授来渝考察，认为藻渡河南平僚乃傣族的先民。

熊本讨伐平定了穆斗之乱，为了镇住南平僚各部族不致再次反叛、骚扰边界，在铜佛坝建立了南平军，常年镇守。南平军既是军事机构，又是一级行政机构，朝廷把渝州南川（现綦江）、涪州隆化（今南川）划给南平军管辖。

在赶水镇铁石垭綦江河左侧背后，有一处海拔500多米高的山岩，远观青松繁茂盎然，近看黄葛悬根露爪，还有古庙依山而建，这里是一个能够看赶水场全景的好地方，当地人叫它早岩头。

据传，早岩头，原名獦岩头，右边那个崖咀叫文笔咀，这里曾经有一座塔，象征一支毛笔头，人称文笔塔。

"历级干霄，步青云于指日；联科及第，争雁塔以题名。"在封建社会的科举时代，一直有学宫对山需建文塔之习俗。獦岩头对面的铜佛坝，恰好是北宋熙宁七年（公元1074年），朝廷镇压南平僚叛乱后，建立的南平军治所所在地，辖綦江、南川，贵州遵义北部等地。据清道光《綦江县志》载，有"雁塔题名碑"，上刻有南宋嘉熙元年（公元1237年）任南平军学教授的李梦铃撰写的《题名记》："校序间，皆有雁塔。南平宫泮鼎新，惟此缺典。梦铃承恩分教，暇日与诸生相视，作亭其上，攻二石居之，刻先达氏名，大为规置，以俟来者。"足以证明当时的南平军，建有一座文笔塔，承担对辖区内归顺朝廷的土著、僚人等子民的劝学作用。

从獽岩头的山顶到山脚，巨石间有个豁口，大块岩石不规则，塌压成一些猫儿洞，可容一个人钻过。到半壁，岩石断裂成上下两层，形成了一个宽大岩洞。相邻还有两个岩洞，一个叫石灶孔，另一个就在悬崖正下方，外面有个大露台，边上砌有石墙，均留有人类居住过的痕迹，人们叫它蛮子洞。蛮子，是旧时汉人对少数民族的蔑称。《舆地纪胜》载："獽崖，在军之西，旧有獽、獠居之，遂以名。"獽，西南夷种，一曰土人自谓；獠，獽别称。在一千多年前，这里确实居住着一支叫獽的土人。而让綦江在学术界中声名鹊起的獠人，别称獽人，或是獽人的兄弟族群。獽岩头，也因此而得名。只是由于"獽"字生僻，在一千多年的口口相传中，以讹传讹为早岩头。不过，这里确是赶水南平僚人的又一聚居地。

掩卷沉思，南平僚作为一个较为强悍的民族，在历史的大浪冲洗下，就这样消失了，不能不说是一种遗憾。这是优胜劣汰的法则，还是历史发展的规律，值得每一个人探寻和深思。

○ 南平僚人居住的吊脚楼

第二节 走进綦江铁矿

一条发源于贵州的洋渡河，从峡谷蜿蜒流过。洋渡河的左边，是一条狭窄的街道，破旧的瓦房和几栋灰蒙蒙的楼房；右边的川黔老公路旁，摆着两条锈迹斑斑的铁轨，露天的采矿设备和矿车车斗已经被锈蚀，一栋栋高低不一的老厂房，错落有致地耸立在青山之中。那条奔流不息的洋渡河，将铁矿的生产区和生

○ 小渔沱铁矿留存的火车头

活区分开，河上的两座钢架桥，又将河两岸连接成一个整体。赶水镇小渔沱，曾经是綦江铁矿最繁华的地方。岁月流逝，綦江铁矿昔日的繁华不再，令人感叹。

綦江铁矿，始建于明末清初，位于赶水镇小渔沱，属重庆钢铁矿业有限公司下属矿山，是重钢集团的铁矿石供应基地，占地面积105.35公顷，矿区有自备铁路专用线，即小渔沱至赶水线并与川黔铁路相连。距重庆市主城区120公里，距大渡口区重钢本部110公里，距綦江区城綦江铁矿办公地点80公里。

据考，宋代以前，赶水境内的铁矿一直没有得到开采利用。宋神宗熙宁七年（公元1074年），才开始采矿炼铁。最早采矿炼铁的是官府。官府派人把采矿炼成的铁铸成铁钱，供百姓使用。据史料记载，夔州路南平军铸钱监，在南平军西南一里许，渡溪而上，于归正坝、松岭鼻等处取矿石，岁铸钱四万贯。自宋元丰二年（公元1079年）吴洪申请后，增铸至六万贯，名广惠监。宋绍熙五年（公元1194年），郡守张鼎以"取铁碳远，鼓铸不充"，遂废。

宋代在南平军置广惠钱监，采铁矿铸钱，从元丰二年至绍熙末年（公元1194年）共计115年。到了南宋末年，朝廷国力不济，南平军治所一带被播州土司杨氏占领，成了苗人活动的地区，汉人被迫退出，采矿炼铁中止。元朝政府颁令禁止民间拥有铁器，更不准民间私自采矿炼铁。清代康乾时期采矿炼铁业又日渐兴隆。清光绪三十一年（公元1905年），赶水境内私人采矿炼铁年产达三万担，赶水也因此繁荣起来。

綦江铁矿，在明末清初及清末民初的两个时期，采冶尤甚，后因坑硐深远、土法采矿，且设施简陋，采冶成本太高，到1924年，从事采掘者仅数家。1938年，因抗战的需要，綦江境内所有产矿区，经国民政府统一划归于官方经营开采。

1937年，全面抗战爆发后，许多位于华北、华东、华南地区的工厂迁到了重庆。1938年3月，武汉钢铁厂也迁到重庆大渡口。钢铁厂生产需要大量铁矿石和煤炭作保障，因此，綦江的铁矿资源凸显出重要地位。

1938年1月，国民政府在汉口成立了綦江铁矿筹备处，接收了民营企业谦虞公司，接管了土台、麻柳滩、白石潭、大罗坝和苏家井等5个矿区，并立即组织开采。1938年到1939年，相继在土台开凿了一号、二号、三号直井，兴建了麻柳滩至赶水的轻便铁道，筹建赶水、羊蹄洞、盖石洞3个运输站。

随着铁矿石生产量的增长，人工运输铁矿已经不能满足生产的需求了。1939年春，綦江铁矿修建了小渔沱至赶水的简易机车轨道运输专用线，因铁路轨道窄，被称为小铁路。轨道上行驶的是由10名工人推动的翻斗车，翻斗车将铁矿石运往赶水铁石垭水码头，再装船运往重庆。同年3月，綦江铁矿办事处迁到东溪。1940年10月，綦江铁矿正式成立。同时，从湖北大冶铁矿撤退出来的技术人员，也陆续来到綦江铁矿参与生产。

綦江铁矿成立后，加大了矿井建设的力度。1940年6月，土台矿区三号直井建成，并建了井下绞车道，地面上建起了行政办公大楼、生产辅助车间、工人宿舍、食堂、商店等，綦江铁矿初具规模。

綦江铁矿生产的铁矿石，分三段运到重庆大渡口。从矿区到赶水，采用轻便铁道人力推车运送。从赶水到綦江县城，用船运送。由于綦江河三江至赶水段水流急险滩多，只能用小船运输，到三江后换装大船运到綦江县城，再运到大渡口重庆钢铁厂。据统计，从1938年到1945年9月，綦江铁矿共生产铁矿石19万吨，为地方炼铁工业和抗日战争的胜利做出了重要贡献。

中华人民共和国成立后，綦江铁矿成为西南工业部101厂的下属矿山，是重钢集团的铁矿石供应基地。1958年，重庆钢铁公司按国家铁路标准，对原来的小铁路进行了改造升级，并修建了一座赶水大桥，横跨洋渡河与川黔铁路接轨。从此，铁路上奔跑的，是运输量较大的蒸汽机火车，人力推车消失了。

1959年，重庆设计院设计了一条小渔沱至大罗坝的小罗铁路专用线。小罗铁路从小渔沱起，跨洋渡河，经黄沙坎、小寨坝至大罗矿区，全长20.92公里。1959年1月开工，在1962年国民经济调整中下马，总计耗资1360万元。

在20世纪五六十年代川黔铁路建设中，占一半以上的钢轨，由出自綦江铁矿所生产的矿石炼成，綦江铁矿为川黔铁路建设全面竣工提供了物资支持。

1965年，铁矿又将每米38公斤的钢轨，换为每米43公斤的钢轨，贯通了小渔沱至大渡口重钢公司的运输线。

1966年，铁矿又建成一条由小渔沱至大罗坝的架空索道，索道全长14438米，年运量为30万吨。1979年綦江铁矿停产，索道停运。

1971年，綦江铁矿本部从后山的土台搬到小鱼沱后，土台镇人民政府也随之搬迁到小渔沱。小渔沱作为铁矿中心，居民曾多达4000多人，小鱼沱也由此成了一个繁华的商贸集镇。那时候，铁矿生产蒸蒸日上，百里矿区日新月异。

○ 小渔沱铁矿区旧址

　　1973 年，客垫湾松藻矿务局专用线铁路大桥建成后，小鱼沱至赶水的铁路（简称"小赶铁路"）改道直接连接川黔铁路的赶水火车站。1982 年，小赶铁路延伸到了松藻矿务局的金鸡岩洗煤厂。

　　小赶铁路，是綦江有史以来的首条企业铁路专用线，主要负责小渔沱铁矿的产品、双溪机械厂的物资，以及松藻煤矿、贵州一些煤矿的煤炭运输，年运输量超过千万吨。除了运输产品，小赶铁路还有专用的旅客车厢，起初是每天往返一趟，后来改为每天多趟，加大了客运量，方便了沿途群众的出行。1992 年，小赶铁路终止了客运业务。

　　1979 年，綦江铁矿形成了以小渔沱为中心，包括大罗、土台、平硐、麻柳滩、白石等 5 个矿区的大型铁矿开采企业，整个矿区南北相距超过 50 公里，成为名副其实的百里矿区。

　　綦江铁矿铁矿石年产量从 1950 年的 2 万多吨提高到 1978 年的 65 万吨，职工从中华人民共和国成立初期的 600 多人增加到 1979 年的 5900 多人。1979 年以前，綦江铁矿 5 个矿区，单个矿区职工多则两三千人，少则六七百人，每个矿区都形成了场镇规模，建有学校、工人俱乐部，设有邮局、银行、菜市场和工贸商店。

1979年7月，因为綦江铁矿资源枯竭导致开采成本高，铁矿石含二氧化硅高、品位低等原因，铁矿石限量生产，年产量不超过5万吨。1989年7月1日，冶金部发出矿字〔1989〕379号文件《关于重钢綦江铁矿封闭矿井停产转向问题的批复》，綦江铁矿正式闭坑封井，停止采矿生产。停产转向后，綦江铁矿致力于产品开发和发展多种经营。自1990年开始，重钢每年对綦江铁矿生产实行定额亏损补贴，当年亏损补贴为1582.6万元。从1998年开始，重钢给綦江铁矿下达控亏指标，不再实行补贴。

2002年6月，綦江铁矿恢复平硐矿区铁矿石开采。2005年6月，綦江铁矿又恢复百石潭矿区地下开采铁矿石。

2013年末，綦江铁矿固定资产原值14739万元，净值2787万元。全年实现利润991万元，销售收入7.66亿元。全年共采购冶金用洗精煤73.75万吨，铁矿石31.79万吨，确保了重钢生产所需，完成保产保供任务。

綦江铁矿办公楼大门前现仍展示着一台蒸汽机火车头，这台蒸汽机车头见证了綦江铁矿发展历史的辉煌。据考，这台上游型工矿小型蒸汽机车，于1972年由唐山机车厂生产，从1973年5月开始，和其他两台蒸汽机火车头一起，日夜不停地奔驰在綦江铁矿的自备铁路专用线小赶线上。2008年11月，这3台在小赶线上奔驰了36年的蒸汽机火车正式退役。

为了纪念蒸汽机火车的历史贡献，2009年8月，綦江铁矿在办公楼大门旁建起了蒸汽机火车头展览台，并用大理石做成纪念碑，刻上了碑文：上游型蒸汽机车SY0514于1972年唐山机车厂生产，该机车全长21.5米，设计最大速度为80千米/时，模数牵引为204千牛，轴式141。该型车作为旅游用车，曾出口美国、韩国等国。自2009年綦江铁矿建立蒸汽机火车展示台以来，先后有数万人次的中、外蒸汽机火车爱好者慕名前来一睹蒸汽火车的风采，他们把这里称作"蒸汽机车最后的天堂"。它见证了綦江铁矿在计划经济下的辉煌，在市场经济初期的困难与艰辛，以及綦江铁矿扭亏为盈，到新世纪之初腾飞的历程。

蒸汽机车、小赶铁路、空中索道等，不仅是人们心中的一种怀旧情结，更是对綦江铁矿沧桑巨变的回望。现在，在小渔沱至大罗坝的大山峡谷之间，仍然能看见它们残旧的身影，它们已经成为不可移动的历史文物，向岁月讲述着那些沉甸甸的过往。

第三节　铁矿筹备处的艰难岁月

　　抗日的风烟弥漫全国，东北沦陷、华北失守、南京败退，中华民族到了生死存亡之时，1938年，南京国民政府不得不迁都重庆。

　　1938年1月，蒋介石召见并手令国民政府经济部部长翁文灏和军政部兵工署长俞大维："汉阳钢铁厂应择要迁移，并限三月底前迁移完毕。"随即，由经济部资源委员会和军政部兵工署在湖北省汉口联名组成钢铁厂迁建委员会（以下简称"钢迁会"），并委杨继增为主任委员，于同年3月1日就职。钢迁会成立后，迅急派员赴渝勘选厂址于大渡口（现重庆钢铁公司所在地），同时组织拆迁运输汉冶萍公司之机械设备，速建20吨和100吨冶炼炉2座，以供冶铁，供炼、轧之需。

　　钢迁会成立后，为谋求钢铁原料矿砂之取给，即呈准行政院，将四川省綦江县境内的所有产矿区，包括谦虞铁矿公司承租部分一并收归国有，设立綦江铁矿筹备处于汉口。綦江铁矿筹备处同时设办事处于重庆柴家巷35号。

　　綦江铁矿筹备处，在迁川途中遇炸。重庆市档案馆馆藏档案中有一份关于"綦江铁矿筹备处雇佣的798、11004两号驳船在黄百港上游三峡遭日机轰炸损失情况"的报告，报告中列出了损失清单，其中有各类管子、柴油机座、记录仪器表等。历史档案，有力地证明了从武汉抢运各种器材的艰辛与危险。在重庆市档案馆馆藏资料中，还有当时綦江铁矿筹备处与民间运输企业麻乡约签订的用木驳船从宜昌抢运各种器材至重庆大渡口，再从重庆大渡口运至綦江铁矿

○ 綦江铁矿筹备处办公旧址·东溪

的协议及运输情况报告书等文件。这些珍贵的历史档案文献，向人们展现了当年綦江铁矿筹建的艰难困苦。

钢迁会迁到重庆后，原计划按照王嘉猷、李贤诚等专家建议，在綦江三溪场（今三江街道）建设钢铁厂，然而南桐地区生产的煤含硫太多，如炼钢焦需掺和重庆西北地区一些煤矿的煤，把这些煤用船运到三溪需逆水而上，费时耗资，很不合算。最后，仍选定在长江上游重庆大渡口建钢铁厂，綦江铁矿所生产的铁矿砂、南桐煤矿生产的煤均水运顺蒲河、綦江而至长江口至大渡口。

1938 年 7 月，綦江铁矿筹备处迁川驻渝办事处由渝迁驻綦江县东溪镇。同年 8 月，綦江铁矿筹备处接管了土台、麻柳滩、百石潭、大罗坝四大矿区。

1938 年至 1939 年为筹备期，一切经费由国民政府拨给。筹备期间，一面组织矿砂试采与承包收购，一面致力进行井下拓面生产、附属设施、交通运输及房屋等建设。

要建设綦江铁矿，首先需要划定铁矿范围。綦江南部铁矿蕴藏地区的山林和坡地原大都属于当地的地主，部分属于贫苦农民，綦江铁矿是国民政府开办的，属于国有铁矿，所划定的土地需要从土地所有者手中征用。按当时法律法规，征用土地需付给地价，若按一般民间土地买卖的地价，国民政府需要付出很大一笔资金。然而抗战时期政府资金极其困难，无法拿出这笔钱来征用土地，所给的地价大大低于民间土地买卖的价格。即使这样，政府也没有办法拿出钱来，只有欠着原土地所有者的地款。由于土地原属于不同的户主，綦江铁矿征用后没有及时办理相关土地征用手续，綦江县、乡镇政府仍照原来的规定征用原土地所有者税款，而土地被征用的地主拒交款项，只得找到綦江铁矿主事的人，要求解决被征用的土地费。

据重庆市档案馆收藏的当时綦江铁矿筹备处给綦江县政府的公函，希按当时土地征用政策免征被征土地税费，函件写道："顷据土麻两场被征购土地之民及地主李世发等三十六人来课面称：铁矿征购民等地亩，为时一载，地价未发，即有发者，亦未发清，民等向恃此地维持生活，今既被占，举家嗷嗷，恳乞速清，以苏民困。此地占用年余，粮亦未拨，现綦江县政府地税局催粮孔急，大有将民等拘捕追粮之势……"这份函件，说明了当时綦江铁矿征用民地无钱付给地价的困境，以及綦江民众为支持綦江铁矿建设而做出的支持与贡献。

綦江铁矿在建设过程中，经常受到土匪干扰。1938 年至 1939 年间，綦江郭扶、安稳、东溪山区，常有土匪流窜抢劫公私财物，有时还拦截公路上的车辆、綦江河上航船实施抢劫。綦江铁矿建设初期，特别是技术人员勘察地形、勘定地界时，因为勘界人员需深入荒山老林，勘界一行人员又不是很多，便成为土匪抢劫的目标。据重庆市档案馆收藏的綦江铁业处处长写给钢迁会的呈文，称："东溪西南约十华里之尚书坪，发现匪徒百余人，廿一日东溪防军团队前往围剿，被匪突袭，损失颇重……据闻该股匪徒应当在寨坝附近，距土台约七十公里……"土匪的骚扰，更加大了綦江铁矿建设的难度。

綦江铁矿建设的技术人员及管理者多是政府派出，大多是从外地来的人，但是铁矿建设还需要众多工人，这些工人需要从当地贫苦民众中招收。抗战期间，因为綦江铁矿为军工企业，按照当时法律法规规定，在綦江铁矿当工人，可以不用被征用到军队服役，于是有不少青壮年愿意到綦江铁矿当工人。不过，乡里、保甲的青壮年到铁矿当了工人，上面下达的壮丁任务就没有办法完成，于是一些乡长、保长对綦江铁矿招收工人很是不满，千方百计阻挠，甚至把已经在綦江铁矿报名当工人或者已经在铁矿当了工人的青壮年抓去当壮丁，以至发生冲突。据重庆市档案馆收藏的一份綦江铁矿筹备处为矿工被抓壮丁而给綦江县第二区区署公函中称："敝处麻柳滩处工人蓝树云，在该场工作历有时日，突于本月六日被贵属赶水联保处壮丁队逮去，当经派助理工程师王本礼前往洽商放行，未获接谈。嗣经麻柳滩处致函往投,多遭拒绝。接又派敝处矿警队张硕礼前往面洽,希释放工人,然贵属赶水联保处壮丁队长侯毅雄不但不理,且态度蛮横,气势汹汹,多次持枪示威,以为恫吓……"可以看出綦江铁矿招收工人遭到一些乡镇联保的抵制,有时候还发生冲突。

綦江铁矿建设期间,几千人聚在一起,首先须解决粮食问题。然而当时綦江农村屡遭灾害,粮食减收,以致粮食紧张。据重庆市档案馆收藏的当年綦江铁矿筹备处给兵工署的代电,说的是綦江铁矿艰难筹集粮食的情况,代电称:"查我处采购粮食一案,迭经派员与綦江县粮食管理委员会交涉,商洽结果,该会除两次发给采购运输等证件外,实际上仍系职处自行设法购买,在指定之各乡镇并无何项准备,前于二月卯日曾准该会函为拟行计口授粮统筹分配,嘱造送所属员工名册等由,当于三月十六日造送在案,惟迄今亦未函复。现职处食米系派员于赶水、东溪各场镇及附近山村自行购买,目前当勉可维持……"从此可以看到綦江铁矿建设时期筹措粮食的困难。

1940年至1943年为创营兼施期。由于筹备期间,矿砂由试产运与包产运变为全自理,生产建设已初具规模,綦筹处遂于1940年3月奉令撤销,正式改称綦江铁矿。

创营兼施时期,綦江铁矿的经费来源有三个方面:一是建设费,即国民政府所拨基础建设投资;二是制造费,即缴纳钢迁会矿砂所得之生产费;三是自产自销附近土铁厂之砂款。綦江铁矿,则以这三种经费维持生产经营。

据《百年重钢》载:"綦江铁矿距钢迁会厂部110公里,开采的铁矿石借助16公里长的轻便铁道,可以先送到綦江上游的赶水镇……需要借助綦江及其支流转运到重庆,再由江口转运到大渡口。""綦江也称綦河,发源于贵州,经江津流入长江,长约191公里,船只运输以赶水为起点,赶水至盖石段,河床狭窄,坡度陡峭,全河大小险滩一百余处,礁石棋布,行船极其危险。一遇暴雨,山洪溢注,水位陡涨,水流湍急,天晴即退,浅滩随即露出,为川江各流域中运输最为困难的河道……"为了将綦江铁矿所产的铁矿砂运到钢铁厂,"1940年3月,钢迁会正式成立綦江水道运输管理处后,除在各闸分设管理处外,还沿江设立了3个装卸站、8个督运站和1个船厂,分别管理煤铁装运、造船、船只修缮等事宜。全盛时期,綦江水运处有公船434只,商船中有綦江船380只,柳叶船263只,全处员工达2000余人。"在被人们称为"万人

○ 盖石码头旧址

坑"的老虎滩，麻乡约运输铁矿砂文件中指出，钢迁会的运输船只曾于一日内沉没公船、商船 21 艘，损失铁矿砂数百吨。重庆市档案馆收藏的当年綦江铁矿筹备处与运输商签订的铁矿砂运输合同及为运输铁矿砂互相来往的函件，表明了当时綦江铁矿所产铁矿砂运输的艰难。运输商麻乡约经理温敬齐在 1939 年 9 月 25 日函件中称："属记以值兹抗战建国紧急关头，钢铁事属戎机，所关至钜，运费虽低，只要勉能支应，自当为国宣劳，是故承运迄今，努力工作，从未稍懈。讵料近月以来，天久不雨，河水枯竭，达于极点，滞阻停憩，无可奈何。窃查于洪水时，自白石塘河边至羊蹄洞一段，每船载重贰吨，现则壹吨不足，而羊蹄洞至盖石洞一段，本系载重伍吨，现今仅能装载贰吨半之谱，尤其盖石洞至大渡口一段，每船原系载重陆吨，计半月一次，每月共能运输 120 吨，现因水枯影响，每船只能装载肆吨，并须 20 天一次。载量时日，既相差如此悬远，船工薪金因而赔折更钜，兹即以盖大段为例，属记所付船工运费，每船每月计洋 140 元，按诸合同定额，此段摊算，每吨能领洋 130 元，若以洪水期 20 吨计，每船每月共应得洋 156 元，除支付薪工外，尚能剩余 160 元。今则量轻时长，除照摊额能领洋 78 元外，属记实须亏折 62 元。此段损耗已属难胜，矧上中两段，尚未计及乎，属记所述赔累衷曲，并非虚构，可结可查，且有督运员就地勘察，可资印证。"

由于委托运输商运输铁矿砂不能较好完成运输任务，钢迁会决定自己组织铁煤运输。可是自己组织运输也遇到很大困难，当时负责铁矿砂运输的职员张适给上报的呈文中叙述道："本矿以包商不可恃乃积极筹綦江上的运矿船化自运，赶筑麻赶段轻便矿道，羊蹄洞轻便铁道及盖石洞板车道各种设施先后完成。"在当时观察以盖石洞闸坝船室业已完成，滚水坝亦在筑基，预期綦江上的运矿船，1940 年 1 月便可完工应用，大船可以直达羊蹄洞。故本矿对于盖石洞一切设施均为临时应付性质，因陋就简，诚以为期甚短，无需巨大工程设施，孰料此后竟因此而增加无穷困难，使运输量大受限制，殊出意料之外也，不料5月13日夜洪水暴涨，竟将垂成之盖石洞闸坝冲毁，不克如期完成，而本矿之运输设施遂不免蒙受巨大影响。

盖石洞站不仅设备方面因陋就简，人员方面也未做永久之谋，初以运输组课员主持于先，后由运输组长兼代于后，凡此种种纯为闸坝即将完成之所误也。且自四月始物价高涨不已，工人生活不安，虽经普遍调整，增加工资百分之二十，亦为无济。自此转入农忙季节，兼以天气炎热，疾病丛生，工人星散，各段运输均感困难，而以盖石洞过洞至工作困难尤甚，然因连月亢旱，河水枯竭甚于冬季，赶水至羊蹄洞，及羊蹄洞至盖石洞两段船运又生困难，偶因大雨，河水骤涨，山洪暴发，急流奔腾，不但不能利用，且须全部停航十数日，不雨复竭如初，所谓夏季洪水可以增运，然与实际恰属相反。

1944年至1946年为紧缩期。铁矿资金来源，仅靠解缴砂款和自销部分砂款维持生产。由于生产过剩而资金大量积压，因此全矿资金拮据，加之市场物价连年飞涨，职工生活艰难。为了暂时摆脱困境，于1944年奉令进行机构整编，大量精简了员工，全矿由1800余名员工削减到800余名，1946年再度将全矿员工缩减到250余名。在此期间，矿砂产量每年仅产一千余吨。但为长远之计，井下之拓展和地面运输之布置，仍在集中致力进行。

綦江铁矿筹备处，在铁矿建设、生产、运输中遇到了一个又一个困难，但参与者的勇敢与坚韧，彰显了百折不挠的精神。在国难当头之际，为抗日战争的胜利做出了应有贡献。

第四节　留在藻渡煤矿的记忆

　　曾经，许许多多的人，把青春留在了矿山，把幸福留在了厂房，把家人安在了小区，静守远去的岁月，远离浮华。

　　藻渡河，因地形的不同，时而像脱缰的野马，奔腾咆哮；时而如温婉的少女，可爱依人。

　　两岸峭壁千仞，茂林修竹，风景如画。在峡谷的半山腰，一条水泥公路从山间穿过，公路两旁就是藻渡煤矿的一些建筑。生产矿井在对面相对平缓的河边，河水冲洗过硫磺矿后，在河滩上呈现土黄色，阳光下显得斑斑驳驳。曾经的煤仓、铁轨，以及停在铁轨上的手推煤车，虽显得寂静而孤独，却见证了曾经的生机勃勃与一片繁忙。如今，藻渡煤矿已经整体关闭了，那乌金滚滚的高光时刻，被岁月永远尘封在记忆的深处。

　　藻渡煤矿，始建于1936年，位于赶水镇马龙村。

　　据《藻渡煤矿矿志》记载：藻渡煤矿，地处赶水镇马龙村藻渡河边，有丰富的煤、磺、铝土矿等矿产资源。煤矿采煤始于1936年。当年，本地人士赖桐树、阮汉清、敖水林、陈智清、刘石青、彭忠宇、翁春林、杨建兴等在藻渡河岸投资兴办了六七家小煤厂，有的煤厂10余人，有的煤厂20多人，最多的也只有50多人，员工以当地村民为主。煤井深度各异，一般都在200~300米，最深的有800多米。开采方式十分落后，安全无保障，导致安全事故时有发生。生产方式落后导致产煤量低，日产煤炭量最少的才几吨，最多的有二三十吨。后来，这

○ 藻渡煤矿主平洞旧址

几家煤厂为争夺井田，争夺市场，发生纠纷，互相压价导致一些煤厂停产，有的因发生重大安全事故而停办关闭。如赖桐树在现藻渡煤矿机修房旁开的一个煤井口，井深 300 余米，因通风不良，引起瓦斯爆炸燃烧，一次就伤亡 11 人，连同大师傅翁德成也被烧死。有的虽然开到了新中国成立之时，但由于设备简陋，安全无保障，1951 年被川东行署勒令停办。

1955 年，国防工业和外贸出口需要硫磺，由江津地区贸易公司綦江收矿组负责人万一明出面组织，当地政府把城乡失业、无业人员组织起来，组成五个生产小组，每组有十一二人不等，共有 56 人，全称"綦江县藻渡乡硫磺生产组"，于同年 2 月在原赶水区藻渡乡大山村窝凼、高炉、后岩等开矿炼磺，当时没有资金来源，由成员自带工具、粮食，向国家银行贷款 200 元和贸易公司先款后货方式进行生产。下半年将五个生产小组合并为两个组，名称"綦江县藻渡乡硫磺生产联组"，并组成联组委员会，负责硫磺生产联组生产经营等管理工作。由翁昌贵为联组主任，翁昌银、陈志德等人为联组委员，其固定资金 934.81元，流动资金 75.19 元。1955 年，生产硫磺 990 吨，按当年现行价产值 35645

○ 藻渡煤矿运煤车

元，盈利 1010 元。

1956 年 3 月 23 日，根据綦江县人民委员会（简称"人委"）"全面规划、统筹兼顾、经济改组、实行全行业公私合营"的原则，进行清产核资，于同年 4 月 14 日经綦江县人委批准，正式实行公私合营，"綦江县藻渡乡硫磺生产联组"由私营联组改为"地方合营綦江县藻渡硫磺厂"，当年全厂职工 69 人，公方代表为杨志立，私方代表为翁昌贵。

在开矿炼磺期间，矿井由浅到深，矿源逐步变化，品位低，含磺量不高，出磺率低，造成亏本。经有关人员核查，土法开采发展前途不大，故报经上级批准同意，于 1957 年 2 月 25 日经县人委研究决定：由大山窝凼逐步迁至大山河边开拓新井，转产煤炭，更名为"四川省地方合营綦江县藻渡煤矿"。当年全矿共有职工 266 人，固定资产 7710 元，流动资金 43500 元，产原煤 20703 吨，利润 33400 元。

1959 年 5 月，根据县委指示，綦江县人委发文：将县属安稳公社观音桥煤矿、永新公社煤矿合并藻渡煤矿，其原有井口移交，其余材料设备折价移交，原两矿人员调到藻渡煤矿安置工作。同年6月底正式办完手续，安置工作全部完毕，总共移交财产金额为3719.18元。

1959年12月，因私方无股金与合营不称，经綦江县人委研究同意，并发文改合营为国营，更名为"地方国营綦江县藻渡煤矿"，已有白煤井、块煤井两口，职工人数发展到400多人。

1962年3月，经綦江县人委发文，将东溪人民公社在适中办的煤矿，合并至藻渡煤矿，编成二井，但因运输条件，原煤无法外运，后来县里指示二井停办，人员全部到矿重新安置工作。

1978年6月3日改称"綦江县藻渡煤矿"。2000年5月，按县委、县政府统一部署，在相关部门的指导下，开展了体制改革工作，改为股份制公司，当年实有员工550人，入股员工人数480人，认购入股金176万元，矿固定资产108.5万元，合计284.5万元。更名为"綦江县藻渡煤矿有限公司"，依法选举产生了董事会和董事长，实行董事会领导下的矿长负责制。

2021年1月，根据《重庆市人民政府关于同意重庆能源集团淘汰煤炭落后产能关闭退出煤矿总体实施方案的批复》之规定，綦江区藻渡煤矿有限公司整体关闭。矿井封了，工人走了，房屋废了，公司的历史就此结束了。

矿山往事如潮。苦与乐，得与失，如春潮在许多人心海中起伏。在钢筋与水泥之间呼吸的我们，仍能嗅到散发着一种来自大地深处的煤味。藻渡煤矿的这些文字，不仅仅是在怀念矿山，更是在感恩矿山赐予我们的那与生俱来的生命本色和做人的方式。

往事浓淡，已轻色如清；经年悲喜，已静净如镜。让我带一壶秋月白，带一襟桂花香，带一支录音笔，永远铭记这座煤矿走过的昨天。

第五节 叩开尘封的兵工厂

时间的刀刃，镌刻了不朽的记忆。翻开"三线建设"厚重的历史，聆听"好人好马上三线、备战备荒为人民"的回声，浩浩荡荡的脚步追赶太阳，将万马奔腾的鼓点踏响，到祖国最需要的地方去。一场黎明前静悄悄的挺进，注解了一场史无前例的平凡与辉煌。

从洋渡河峡谷往前走 10 公里，就进入了双溪机械厂的打靶场。左侧是当年兵工厂的炮弹试验洞，右侧山腰是制造枪炮的车间洞。10 多米高的巨大洞口处于山巅，数道预留的闸门位依次排列，巨大高低落差下非常壮观。洞内两沿依然能见到岩石原貌，洞内宽约 10 米，即使是夏日走在其中，也有一股凉风轻袭。越往里走，在昏暗的光线下，越显得神秘。洞子长 500 多米，洞口保留着巨大的石堆，被绿丛环绕包围。这个藏于青山中的巨大山洞，见证着当年数千仁人志士的团结与拼搏。

伫立沉思，遥想当年，仿佛能听到繁忙的机器轰鸣声，以及山谷试射炮火隆隆的回荡声。

双溪机械厂的前身是四十兵工厂。

抗日战争时期，国民政府军政部兵工署开始在重庆组建第四十兵工厂等七大兵工厂，重庆成为大后方的主要军工生产基地。1939 年 3 月，第四十兵工厂从广西柳州迁到小鱼沱张家坝。这里四面环山，中间是一个平坝，一条潺潺流淌的洋渡河从坝中流过，山高林密，便于隐蔽。地理环境特殊，洞穴密布，水源充

○ 双溪兵工厂旧址

○ 双溪兵工厂旧址

足，公路交通方便，与抗战滇缅到重庆大后方公路相连接，仅有 20 公里。

工厂迁来后，先在岩洞中生产，后陆续建成厂房、住房。随工厂从柳州迁来的工人、干部 700 余人，后招收本地人员进厂培训为工人。1942 年，工人、干部总数增加到 1400 多人。兵工厂下设有六个所：一所承担动力及炼钢；二所、三所均生产子弹；四所生产枪、榴弹，并负责修理汽车；五所生产各种炮弹；六所生产包装枪弹的各种木箱。厂里设有厂警大队，人员约有一个连，还设有稽察所，共 10 余人。由于四十兵工厂地处大山中间，附近农民不多，工人、干部生活非常艰苦。据史料记载，在山洞里建好兵工厂造枪炮后，这里曾多次遭日军飞机投弹轰炸，但没什么损失。这个老军工企业，曾经为抗战胜利做出过巨大贡献，积淀出了一代又一代老军工人的不畏困难与无私奉献的精神。

这里，曾经戒备森严，进出必须检查通行证后才可放行。这里，对外没有公开过自己的身世，只有代号"四十"和国营 147 厂作为它的名称。山里的百姓，只知道它的名字叫双溪机械厂，生产一些机械设备，每天运进运出，很是繁忙，却从来不知道 147 厂是为国家生产重要兵器的"三线"兵工厂。

双溪机械厂，位于赶水镇小鱼沱与打通煤矿之间的张家坝山区。因厂区位于洋渡河和石龙河两条小溪交汇的山谷之中，故名"双溪"。工厂建设有生产区、办公区、两个家属区、自来水厂，配套有幼儿园、子弟小学校、子弟中学校、技工学校、附属医院、电影院等。厂子兴盛时期有正式职工 3000 多人。

20 世纪 60 年代中期，国家出于战备考虑进行"三线建设"，中共中央和国

○ 双溪兵工厂兵工洞

务院决定："以重庆为中心，用3年或者稍长一些时间建立起一个能生产常规武器并且有相应的原材料和必要机械制造工业的工业基地。"1965年，根据毛主席关于加强"三线建设"的指示，在第五机械工业部的领导下，由东北齐齐哈尔和平机械厂（代号127厂）、太原晋西机械厂（代号247厂）等企业抽调技术人员参与组建双溪机械厂，厂址选在原第四十兵工厂旧址。工厂利用洋渡河自然冲积的山谷谷地建设厂房，并利用西南地区的喀斯特地形，因地制宜地在一些巨大的山体溶洞中建设秘密厂房从事军工生产。

1965年的3月10日，由东北齐齐哈尔和平机械厂、太原晋西机械厂等企业抽调技术人员组成的基建、设备、水、电等建厂先头部队来到了张家坝。选择那里主要是因为有3个天然的大溶洞，适合做隐蔽保密生产。但后来发现最大的2号洞里老掉石头下来，不适合做车间；1号洞最高，从山下进入1号洞必须修建一条上百米长的缆车道。抗战时期第四十兵工厂也曾在那个山洞里造过子弹。大部分车间建在冬暖夏凉的山洞里，采光全靠电灯。山洞不是笔直的，生产需用的行车、轨道等依据自然的山洞走向一段一段地修建，洞里高低不平，所以车间里还修有台阶。

双溪机械厂，定位为国产60式122毫米加农炮总装厂。同时也生产152毫米和130毫米重型炮、40毫米火箭筒和多管火箭炮。各种配件分别来自太原、包头、成都及周边其他兵工厂。工厂自创立开始，直接隶属于中国第五机械工业部，即兵器工业部。这个兵工厂成立后的30年间，曾是重庆唯一的重型火炮

○ 兵工厂转运货物的川黔铁路陈家坝货运火车站

厂，造出5000多门重炮，有力支持了对越南的自卫反击战，为国家国防事业做出了重要贡献。

20世纪80年代中期，国际形势发生变化，军品任务锐减，企业经济效益下降。1984年，双溪机械厂等计划由偏远的山区搬迁至重庆市近郊的巴南区鱼洞镇。1990年新厂厂址破土动工，工厂进入边基建、边搬迁、边生产的时期。1997年，双溪机械厂并入重庆大江车辆总厂。1998年1月，新华社向全国播发了一条消息，标题为：重庆大江总厂兼并双溪、庆岩机械厂。

1999年12月26日，大江车辆总厂注销了双溪机械厂等9家工厂的企业法人，并取消了其代号。

2000年，大江车辆总厂整体改制为国有独资的重庆大江工业（集团）有限责任公司，大江工业集团成为全国最大"三线"调迁合并搬迁企业。

2003年，重庆双溪机械厂等9个实施搬迁的"三线"企业全部合并入新设立的重庆大江工业集团。至此，国营重庆双溪机械厂完成了其历史使命。

站在新时代的门槛，我们感念"三线建设"为中国力量铸就的底蕴和底气，我们礼赞改革开放为中国奇迹注入的强大动能和动力。烽烟滚滚唱英雄，四面青山侧耳听。"三线建设"的精英们，那时只知道从哪儿来，却不知道到哪儿去，不告诉父母，不告诉妻儿，坐火车，换轮船，乘汽车，再徒步，几上几下，山路十八弯，挺进大西南的崇山峻岭、纵横沟壑。从此，一个个绝密的代码诞生于绝密的信箱，一个个宏大的工程在静悄悄地展开。

寂寞的山野，开始了喧嚣，建设的人们钻进了起伏的山峦，激情跌宕，肩挑背扛，忙了太阳忙月亮。血肉之躯铸造大山的魂魄，一串串感天动地的故事破山而出，荡气回肠。一个又一个年轻的生命，倒在了冰凉的石缝里，倒在了异域他乡。梦里谁知身是客，直把他乡当故乡，把忠诚寄托于每一台机器、每一个产品，把灵魂安放在深山峡谷，化作松涛阵阵，青翠苍莽……

第六节　燎原厂矿的红色星火

　　赶水厂矿的红色山村，山水保持着尘世的记忆。群山逶迤，敞开起伏的胸膛；革命遗址，见证传奇故事。人依旧来，车依旧往，绕村而过的洋渡河永不休眠，唱着一曲从史册蜿蜒出的悠长民谣。曾经，在黑暗中，有人点亮了一盏灯，黑暗被烧了一个洞，看到了洞外的那片天。那是那个黑暗时代的火种，光是它灿烂的思想，热是它滚烫的血液。火种越烧越温暖，越烧越明亮，只有变成火焰才能无怨无悔。跟随那段峥嵘岁月奔流不息，艰苦的岁月，红色的记忆，时间

○ 四十兵工厂旧址

不全都是擦肩而过，历史曾经在这里定格。

綦江赶水小鱼沱地区，在1939至1945年间，建设有綦江铁矿和四十兵工厂两个国营企业。綦江铁矿，是国民政府的一个国营企业，它的前身是武汉大冶黄石港铁矿。四十兵工厂，属国民政府军政部兵工署，从柳州迁来。这期间，中共地下党组织在綦江铁矿和四十兵工厂开展了一系列的革命活动，组织领导了綦江的抗日救亡运动，为綦江乃至整个重庆早日解放做出了积极的贡献。

在很长一段时间里，由于受各种条件限制，发展党员大都面向中小知识分子，很少发展工人、农民入党。1939年春，中共綦江县委请求上级党组织派人来綦江，以切实加强党在工农群众中发展党员的工作。同年，根据上级党组织派遣，谢绍华、温银普等7名党员先后来到綦江铁矿工作。1940年7月，綦江铁矿党支部正式成立，隶属中共綦江县委领导。

当时，党支部的任务，主要是发动群众开展抗日救亡运动，启发教育工人，提高政治觉悟，培养发展党员，壮大党组织力量。同时，领导群众向国民政府进行必要的维权斗争。

地下党支部，主要通过工人俱乐部、识字班等团结工人，并且把工人中的积极分子发展为中共地下党员。綦江铁矿党支部发动工人群众，积极开展了抗日救亡运动，组织领导工人群众进行了一次又一次罢工运动，党的凝聚力不断得到增强。

1941年，国民政府滥发钞票，导致货币贬值，通货膨胀，职工生活极端困苦。特别是麻柳滩的工人，由于受到包工头的中间盘剥，日子更是雪上加霜。同年3月，工人们为了改善生活条件，要求厂方增加工资，自发在綦江铁矿发动一次罢工。但是由于没有党组织的领导，罢工只进行了一天就被迫复工了。同年7月，在地下党组织的领导下，綦江铁矿工人进行了第二次罢工。罢工由党支部负责人陶昌指挥，各党小组的党员起骨干带头作用，举行罢工的第二天，矿长就不得不与工人代表进行谈判。谈判进行了一天一夜，矿方终于接受了工人提出的增加工资的合理要求。

党组织通过开展罢工斗争，从而凝聚了职工的战斗力。通过这样一种方式，在促进生产、开展抗日宣传活动等方面做了大量的也是非常秘密的工作。这次为期三天的罢工，由于有地下党组织的坚强领导，工人罢工取得了最后胜利。不过，这次罢工招来了国民政府对地下党员的密切注视。党支部根据上级指

○ 山势陡峭的响马河

示，决定将綦江铁矿的全体党员进行分散隐蔽。于是谢绍华转移到了四十兵工厂，继续秘密开展党的工作。

1941年10月，谢绍华、李恬非、郑效中三人在四十兵工厂成立了一个党小组，仍属綦江铁矿党支部领导。1943年8月，国民政府货币继续贬值，工人要求增加工资，谢绍华与部分工人积极分子商量，决定组织一次罢工，向厂方提出增加工资的要求。党小组周密部署，通过串联发动一大批工人积极分子，按照预定的时间，全厂工人一起举行大罢工。

这次罢工声势浩大，仅仅进行了一天，厂方就答应了工人提出的要求。这一次罢工，虽然只有短短一天时间，但是由于党组织认真筹划、纪律严明，充分发挥了党组织、党员以及积极分子的先锋模范作用，引导群众全员参与，所以取得了最后胜利，为工人们增加了工资。同时，这一次罢工也让工人们看到了自己的力量，大家明白了只有在共产党的领导下，团结一致，敢于斗争，善于斗争，才能取得胜利。

中共党组织在綦江铁矿和四十兵工厂的活动，不仅让党的力量得到了发展壮大，让工人们看到了自身的力量，还在后来的解放时期，保护了綦江铁矿和四十兵工厂免遭破坏。

中共党组织在綦江铁矿和四十兵工厂的活动，大力倡导了共产党的主张，直接领导了綦江地区的抗日救亡运动。为后来迎接解放时，把綦江铁矿和四十兵工厂完整交到党和人民的手中发挥了作用，也为整个重庆以及渝西片区的早日解放做出了巨大贡献。

历史变迁，蹚过岁月的长河，如今，山河无恙。站在中国共产党成立百余年历史节点上，忘不了当年党在綦江铁矿和四十兵工厂播下的那些火种，点燃了工人群众生活的希望，点亮了旧时代黑夜的星光。

中国共产党如一轮火红的太阳，唤醒灵魂的花朵，唤醒人生的追求，又化成一个又一个美好的梦。有火种，就有千万支火把；有光明，就有前进的方向。举着火把，组织工人举行罢工，每个脚印都刻在了厂矿的道路上。

火种会告诉你为什么燃烧，为什么能燎原。火种点燃了火把，火把点亮了万家灯火。火种燃烧着，光和热辐射以光的速度，催生了一个崭新的世界。

第三章
厚重文化

【导读语】

赶水文化，厚重而多姿多彩。追随那澎湃在赶水的綦江河蜿蜒流动，传统文化沿着时间的路途在积淀；岁月承载着历史的脚步，充实了习俗。人头虎身的岩画，石碑上手心文的猜想，石房子的孝道文化，百字石与放生台的碑刻文化，凝聚巴文化的古陶，传统的苗绣与芦笙舞，文化浸润的草蔸萝卜等，不同的时代，不同的艺术，不同的风情，在时光的大海中，激起波浪，淘尽沙石留下精华，是赶水永远的灵魂。

第一节　人头虎身的岩画

岩画，是一种石刻文化。人类祖先以石器为工具，以粗犷、古朴、自然的方式，来描绘、记录他们的生产方式、生活内容以及所崇敬的事物等。它是人类社会的早期文化现象，是先民们给后人留下的珍贵文化遗产。

走进赶水镇麻柳村鱼池湾，就能有幸欣赏到一幅栩栩如生的"人头虎身"岩画，面积40多平方米。据重庆市、綦江县有关文物鉴定专家专题考察研究，分析推断，认为这幅岩画距今应该有1800多年的历史，很可能是巴文化符号。岩画中显得非常特别的有两处：一处是人面虎身画，另一处是蛇形画。据考，虎和蛇都是巴人崇拜动物，可以说是巴人的图腾。

2001年，在修建渝黔高速公路时，施工单位准备把这块刻有岩画的石滩炸掉，以采取石料作修路之用。当时工人们在岩画石上把炮眼都打好了，准备填装炸药炸毁岩画石，当地村民闻讯后，立即把情况上报给了上级文物部门。文物部门当即与施工单位协商，要求留下这个石滩，因为这个石滩上有古时留下的岩画，很有文化价值，于是这幅岩画得以保存至今。

2005年8月11日，《重庆时报》以"神秘岩画可能代表巴文化"为题，对这幅岩画做了详细报道。报道说，石滩上的图案很有可能是两个朝代的岩画石刻，马、蛇、虎可能是汉代线刻石刻图案，冠服人像可能是宋代的线刻石刻图案，同赶水镇境内的文化遗址联系起来，极具考古价值。

赶水地区岩画的形式，大多以刻画为主，图案较为具象，线条简单精练，造

○ 神秘岩画

型高度概括，具有原始、古朴、稚拙、生动的特色。

赶水地区的岩画，或许是破解远古文明的源代码，这些远古先民留给我们的文化遗存，虽然距离我们已经非常久远了，但它包含着我们这个民族久远的记忆和文化的基因。

静静地观看岩画，用心去捕捉，我脑海中跃动的词语就是"表达"一词。岩画上的这些符号、线条、图案，正是远古人类情感和思想的表达。想到这里，我的内心瞬间欢腾起来。因为一切艺术的起源，都是为了表达的需要。人类生来有情感、有智慧，即使在茹毛饮血、刀耕火种、结绳记事的那个艰苦岁月，也有强烈的表达需求。他们把所见所闻、所盼所想画出来、刻下来，这就是一种表达、创作和艺术。

每一幅岩画，都是先民们的一段讲述，自豪或困惑，喜悦或忧伤；每一幅岩画，都是一种呼唤，呼唤天下和平、大地安宁、人类快乐与幸福。

第二节　石碑上手心文的猜想

　　碑刻，是中国古代常见的一种文化载体，它不仅形式多样，而且承载了丰富的社会信息，是我国传统文化的重要组成部分。

　　碑刻在我国起源很早，在商周早期就已经出现了。刘勰《文心雕龙·诔碑》中的一段话常被用来阐释碑的起源："碑者，埤也。上古帝皇，纪号封禅，树石埤岳，故曰碑也。"可见，在古人心目中，碑刻在上古帝皇时期就已经出现了，而且还担当了重要的使命。

　　在赶水镇麻柳村池湾社的村民李庆生家，以前就有一块刻有奇特字符的石碑，字符的笔画呈圆弧形，酷似人的手板心或马蹄形，考古专家们将其称为手心文。

　　石碑长约80厘米、宽约40厘米、厚约10厘米，石质为较坚硬的沙石，但已断为两截。其中石碑上方有约5厘米宽的遮檐，而遮檐与石碑背面以及两侧打磨较为粗糙，有明显的凿痕。神奇的字符，则雕刻在石碑打磨平整的正面，呈螺旋形整齐排列。碑左右两边字符较小，相互对称。碑体正中的字符较大，分布规则、均匀。

　　20世纪50年代初，李庆生的父母在住家旁边竹林里的一个古坟边挖出来了这块石碑。当时，他们看见上面的一些弯曲线条，觉得十分奇怪。到了70年代，知识青年上山下乡时村里下来一位老师，看了这块石碑后，觉得很有文化价值。他们才将其藏起来，再不给外人说石碑的事儿。

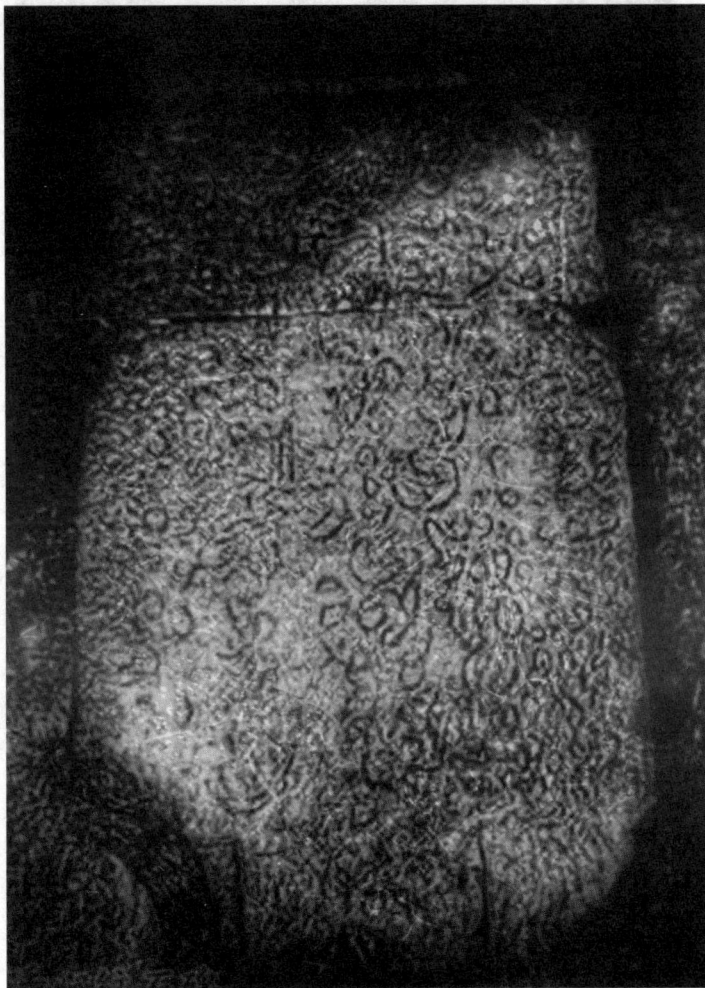

○ 保存完好的石碑

　　20世纪80年代初，李庆生请了一位摄影师为石碑拍了照片，而后将照片送到綦江县文物管理所，请相关专家分析研究。从此，石碑上有文字的消息到处传播，时常有考古专家、学者前去考察，但至今无人能解读石碑文字。不过，现在学术界对碑文有三种猜想。

　　猜想一：巴蜀图语说。据考，重庆是巴文化的发源地，巴蜀字符多出现于战国戈、印之上，称"戈文"，统称为"巴蜀图语"或"巴蜀符号"。秦统一中国后，"巴蜀图语"渐渐消亡。这块石碑上的字符，很有可能是曾经的"巴蜀图语"。

　　猜想二：符咒说。道教对"巴蜀文化"影响较深，其文字中常常采用一些特殊符号，局外人无法看懂。从碑文的弧形笔画来看，很可能属于道教的符咒。

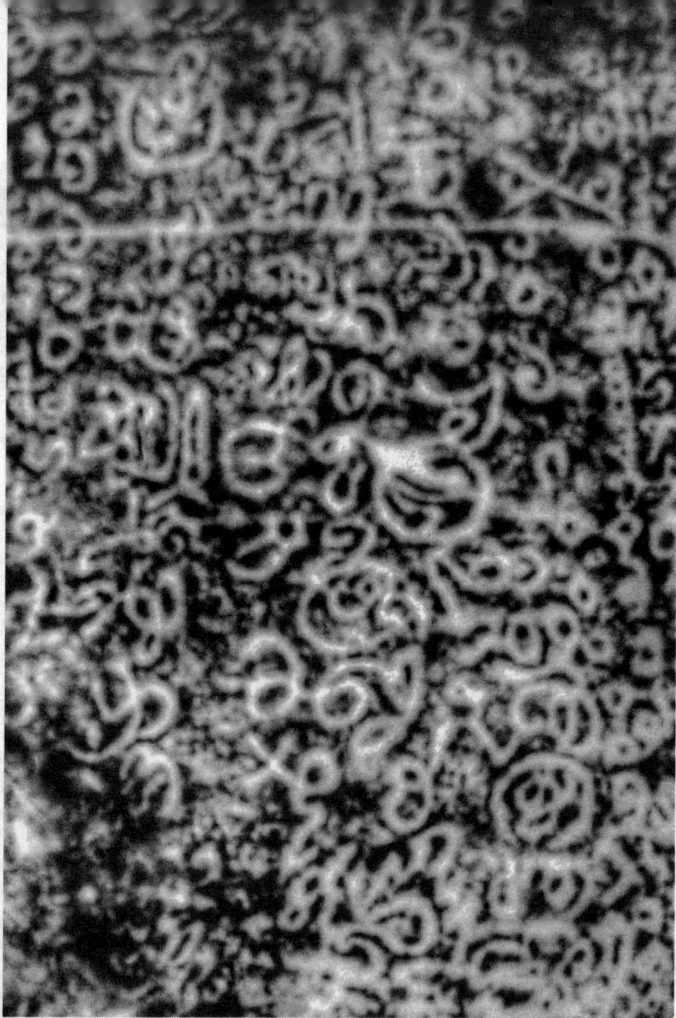

○ 石碑上的手心文

猜想三：少数民族文字说。据史料记载，綦江赶水曾生活着一支少数民族部落，称为"南平僚"，碑文很有可能就是这支部落留下的曾经使用过的文字。

现在，李庆生已把这块神秘的"手心文"石碑捐赠给綦江博物馆，作为馆藏藏品。

碑刻，是历史记忆的一部分。由于信息丰富，可信度高，这种"石头上的历史"早已成为重要的文献资料。

每块石碑，都具有一定的历史知识的可信度，因而具有了历史记忆的客观性和有效性。弘扬优秀的碑刻文化，保护碑刻文化资源，将有助于凝聚民族精神，彰显底蕴深厚的历史文化。

第三节　石房子的孝道文化

一棵高大繁茂而古朴的黄葛树挺立着，笑看数百年沧桑岁月。一条宽阔的水泥公路向远方延伸着，展示新时代乡村之美丽。这里就是赶水镇石房村的石房子，又叫张家祠堂，始建于清乾隆二十六年（公元1761年），坐南朝北，呈四合院布局，主要为石结构，占地面积1800多平方米，距今有260多年的历史。

正房为木结构悬山式屋顶，穿斗式梁架，4穿11柱，面阔5间32米，进深1间7.7米，左右次间、梢间均为11.2米，通高10米，普通台基高1.55米，垂带式踏道6级。大厅大门两侧雕刻有二十四孝图，刚劲有力，由八块石板拼接而成。每一格表现一个故事，人物形象栩栩如生，衣饰纹样清晰可见。据考，二十四孝图是元代郭居敬所作，内容如下：

孝感动天，戏彩娱亲，鹿乳奉亲，百里负米；

啮指痛心，芦衣顺母，亲尝汤药，拾葚异器；

埋儿奉母，卖身葬父，刻木事亲，涌泉跃鲤；

怀橘遗亲，扇枕温衾，行佣供母，闻雷泣墓；

哭竹生笋，卧冰求鲤，扼虎救父，恣蚊饱血；

尝粪心忧，乳姑不怠，涤亲溺器，弃官寻母。

石房子的踏道两侧有石刻狮子，设有天井、石刻鱼缸等。正面石墙上有深浮雕"百忍堂"图，呈圆形，直径1.57米，图中石刻为仿木结构，垂檐歇山顶房屋，共有人、马、石刻总计35尊。

○ 石房子二十四孝石刻之一

前房现有方形石柱6根，柱高5米，宽0.55米，八棱抱鼓式柱4根，柱高10米，直径1.2米。

前厅全毁，但柱子保存较为完好，牌坊上刻有"德铎祥祠"四字，四周刻有花、草、人、兽等图案，雕工精细，生动形象。

石房子中雕刻的二十四孝图，主要目的是宣扬封建的孝道文化。二十四孝图中，这样的字眼映入眼帘："卖身葬父""埋儿奉母""哭竹生笋""刻木事亲"等让人感到冷酷无情；"孝感动天""卧冰求鲤""哭竹生笋"等伪科学思想严重；"尝粪心忧"则让人不适。孝是应该的，迂腐是愚蠢的，盲从是可悲的，伪道是可恨的。新时代的人们，在古代的二十四孝中一定要去其糟粕、取其精华，按照人伦道德去孝顺父母，尊敬老人，以继承和发扬中华民族的传统家风家训。

石房子百忍堂，为张姓堂，很有文化传承价值。据《旧唐书》记载：寿张县（今濮阳市台前县）张家庄村张公艺（577—676），以"忍、孝"治家，九世同居，和睦相处。

○ 石房子二十四孝石刻之二

　　隋朝末年，李世民曾单骑到占据任城（今山东济宁）的徐圆朗的军中刺探军情，不幸被徐圆朗的人认出围攻。恰巧在这时，张公艺带领几个青年在河岸边习武，便救唐王到家中养伤，并用祖传的百年堂阿胶给他调理身体，不几日李世民便痊愈。当时，李世民不便说明自己的身份就启程了。李世民登上皇位后，一直没忘张公艺的救命之恩。所以在贞观九年（公元635年）特赐亲书"义和广堂"金匾派使臣前去旌表。

　　张公艺九代同堂，子孙繁众，人财两旺，对这个大家庭，人们交口称赞。这时，正是唐高宗李治在位，他却一直在想：国家有严禁的法令，还约束不住人们的犯法行为，一个家庭这么多人口在一块儿生活，怎么能管理得这么好？平民百姓怎么能这么和睦呢？而且，在他未继承皇位之前，他父皇李世民对张公艺这个大家庭都有表彰。麟德二年（公元665年）五月，他和皇后武则天去泰山封禅，绕道郓州寿张县到张公艺处察访。

　　张公艺非常惶恐，唐高宗向他说明来意，然后观看了他们家庭的全部环境。张氏住处有400个生活区，土地及一些财产完全归集体所有，男女服装统一制作，据个人体量而选。凡有探亲的妇女，无论是谁的孩子，不讲亲疏远近，只要近在身边就携带而去，展现出团结义气的良好家风。同时，张公艺还向唐高宗介绍了其他的一些情况，张公艺说："我们九世同居，全家有900多人口共享餐饮，每到吃饭时间以击鼓为令，群坐餐厅，予以内外，男女分别入席，老人在上，晚辈在下，儿童另设桌凳，谦恭礼让，上下仁和，雍睦熏蒸。"

唐高宗想考验一下张公艺治家的本领，便赏赐俩梨，看张公艺如何处理。张公艺接过梨，遂让家人用石臼粉碎，入缸注水，鸣鼓集合全家，每人用小匙饮汁一口。这些记载至今仍刻在石房子百忍堂的墙壁上。

唐高宗经过各方面的观察，确定九世同居的张公艺家族确实是一个团结和睦的大家庭。当唐高宗问张公艺治家的方法时，张公艺写了一百个"忍"字，并详细说明了"百忍"的具体内容：父子不忍失慈孝，兄弟不忍外人欺，妯娌不忍闹分居，婆媳不忍失孝心……

张公艺说，九世同居人口众多，每日事出频繁，难免彼此之间有小过节，但都能互相谅解，求大同，存小异，全家人之心，同一人之心，一人之心，为全家人之心；名利之事不计较个人得失，并且互相谦让，在各个方面都表现出高尚的道德品质及和气致祥的优良作风。"百忍"二字，代表每个人都有涵养性情之意。唐高宗深受感动，潸然泪下，于是，赏赐张氏许多绢帛，并免除其丁赋徭役，当即封张公艺为醉乡侯，封张公艺的长子张希达为司仪大夫，并亲书"百忍义门"四个大字，敕修百忍义门。

乾封元年（公元666年）四月，唐高宗又敕诏出银，御书南官司给张公艺修建了一座"百忍义门"。张公艺去世后，后人为纪念这位"忍、孝"治家的贤人，为他修建了"百忍堂"，永志纪念。从此，各地张姓大都以"百忍"为堂号，并将其列为祖训，贯通古今。

漫漫人生路，不争高低，不赌输赢，得饶人处且饶人，能让一步是一步。一忍为大，把忍当福，淡定、从容、心宽、坦然，让人生少些争斗，让生活多份宁静。

包容忍让、平等待人，作为一种传统美德，传承至今，然而真正能做到的人并不是很多，尤其是在涉及自己切身利益的时候。今天提倡这种美德很有必要。

心胸宽广、放眼远处、谦恭礼让的人，无论在何时都是值得人们尊敬的。

第四节　百字石与放生台的碑刻文化

　　碑刻，是多种艺术的结晶。从现存传世的碑刻看，它们的铭文、书法、纹饰、雕刻都颇具文学艺术价值。

　　走进赶水镇铁石垭村，就能看到一处碑刻百字石，又叫书字石，为宋绍兴十七年（公元 1147 年）七月所刻，1985 年被列为重庆市文物保护单位。

　　据考，南宋年间，熊本率兵平定南疆，护民安营，在赶水设置南平军衙。绍兴十七年，朝中才子李绍隆携友漂游赶水，题字留念。其内容如下：

　　少诚许自得深之政暇，邀樊南李延昌绍隆，东里冯隶逊顺夫，左绵张询谚周，眉山蒲赞夫，昭德晁公退子愈，乌延王佰和，潼川李定民唐卿，郑圃宋延嗣永叔，夷门吴椿大奉，济南崔希光远，西河李全全道，以绍兴十七年七月十有四日泛舟同游，绍隆题。

　　这百字石刻，距今有 870 多年的历史。虽历经沧桑，但笔画字迹依然清晰可辨。

　　走进赶水镇玉丰村，能看到一块巨石上刻有"放生台"三个大字，旁书"大宋乾道四年戊子九月望日南平守将平阳台孟醇父书"等字样，字迹清晰，1985 年被列为重庆市文物保护单位。

　　据传，南平军将领熊本平定穆斗之乱后，在赶水河岸一巨石上举行了一个隆重的放生仪式，并让部将孟醇父手书"放生台"三个大字，以此教化当地民众积德行善。

○ 百字石石刻

　　《大智度论》云："诸余罪中，杀业最重；诸功德中，放生第一。"体现了佛教"慈悲为怀，体念众生"的心怀，让信徒将各种水生动物，如鱼、龟等在放生台放生，给其自由自在的生活。信徒每放一次生，就积一次功德。放生台的意义重大，因为它不仅仅是一个放生鱼类的台子，更重要的是它是一种激发众生慈悲心的手段。将鱼或者龟放生，在古时候是人们发自内心的一种行为。而现代人生活在城市中，被功名困扰，没有心思去考虑这些事情了，也更加冷漠了。看到放生台，人们或可激起一丝善心。一个普通人在放生台放走了一条鱼，会带给他一种回忆，留给他一种做善事后的感动，这种感动会被善良的力量放大，以至于影响到他的行事方式。不可以善小而不为，就是这个道理。

　　百字石与放生台，这些宋代碑刻成为赶水地区文化的象征。一块块充满历史记忆的碑刻，往往就是一部部值得细细品味和回望的文化史。经过历代的沧桑变迁，这些碑刻成了我们民族和社会发展的重要历史见证，给予后人无尽的启示和力量。

　　我们爱我们的文化，这是我们自信心的源泉。在大力倡导弘扬优秀传统文化

○ 放生台石刻

和爱国主义的今天，我们应该增强民族历史的共同记忆，增强我们民族的文化认同，这是增强文化自信的必然要求，是中华民族伟大复兴的必要前提。

弘扬优秀的碑刻文化，有助于促进新时代中国特色社会主义文化的大发展与大繁荣。

第五节　凝聚巴文化的古陶

　　当你置身于那淳朴古拙、强悍劲勇的先民之中时，仿佛巴将军、廪君王、盐水神女等都在向你展示远古的神韵。他们在呐喊、诉说、大笑、高歌、狂舞、进攻，古老的巴族从神秘中醒来，上下三千年凝成了一个亘古的瞬间，一切离我们

似乎很遥远……这就是对赶水巴古陶产品的赞誉。

在明末清初，赶水岔滩黄泥岗陶瓷业十分兴旺，方圆十里就有金关、岚垭、头道沟、小湾四家制陶厂，年产量可达 60 多万件，产品可谓丰富多彩。

赶水古巴陶很早前就闻名于巴黔地区。黄泥岗制陶业的繁荣，得益于这里有优质的陶泥，还有一个重要因素是这里为巴蜀通往贵州、云南的驿道的必经之路，地处川黔交界处，商人们在贩盐、贩绸布的同时也将陶器贩往黔、滇地区，颇受人们欢迎。

綦江陶瓷厂，在重庆市美术实用研究所、重庆巴文化艺术学会、四川美术学院师生的大力帮助下，研究设计制作出了展示巴人历史风貌的各种古陶，以土陶面具、陶雕、陶艺、挂画等形式来展现巴族图腾，成功地设计了"巴蔓子将军""剑虎""百虫将士"等美术精品，并以较全面而和谐的形式和丰富的内容展示了巴文化在綦江陶瓷工艺中的推陈出新，传承与弘扬了巴文化。

1989 年 10 月，綦江巴古陶是庆祝中华人民共和国成立四十周年、重庆定名八百周年和重庆市建市六十周年"三庆"活动中的组成部分，分别在重庆市区、綦江县城展出。当时，吸引了成千上万的观众，也引起了历史学家、古陶

○ 赶水古巴陶生产旧址

专家及美术师们的极大兴趣。中国古陶研究会理事陈丽琼女士专程来观展，她很中肯地说："綦江重视陶瓷文化研究，填补了四川无厂家研究、制作仿古陶的空白，开发了这样重大的历史题材，主题鲜明，产品艺术含量高。"

重庆市人民政府"三庆"活动办公室要求："保护这一文化遗产，促使巴文化艺术制品成为全市一项有生命力的艺术价值的开发产品。""汇百年神工，赋泥土以生命；承千

○ 赶水古陶艺作品

年圣火，炼顽石为巴陶。"这是赶水巴古陶的真实写照。

1989年12月，在四川省陶瓷新品展评会上，"巴古陶系列产品"荣获1989年新产品开发"一等奖"。省委通知把"巴古陶"作为礼品送给外国客人，当年綦江陶瓷厂在广交会上一次性获得了20万件产品的订单，其中水仙盆、观音瓶等远销澳大利亚等国家和地区，一时产品供不应求。

1990年9月，綦江陶瓷厂应邀参加十一届亚运会艺术节展示会，"巴古陶系列产品"荣获十一届亚运会艺术节组委会颁发的优秀创作一等奖。

綦江巴古陶，是巴渝文化的重要组成部分，有着丰富的内涵，也是綦江唯一的老祖宗产业，曾一度成为綦江耕织农业时代最为灿烂的手工业文明，所生产的碗、坛、罐、砂锅等生活用品，广销渝、黔、川地区，赢得广泛赞誉。

巴古陶冷静的光芒、古典的光芒、震慑心灵与传承的光芒，在赶水历史文化中变得丰满。在黄土与技艺中行走，在继承与弘扬中行走。日月的光华，聚于其上；文化的精髓，锁于其中。不休与不灭，涅槃与再生，在燃烧中升腾成文化与星光。

第六节　传统苗绣与芦笙舞

苗绣，是苗族先民智慧与情感的结晶，飞扬流动的纹饰，神秘奇特的造型，承载着苗族人民的历史记忆、精神信仰、审美价值。

苗绣宛如一幅画、一卷书，一针一线都记载着苗族人的故事。指尖的记忆，一代一代相传，承载着苗族世世代代的传说和秘密。

苗绣，历史源远流长，是苗族服饰主要的装饰手段，是苗族女性传统技艺的代表。

苗绣，虽然题材丰富，但较为固定，有龙、鸟、鱼、铜鼓、花卉、蝴蝶，还有反映苗族历史的画面。

苗绣技法有十四类，即平绣、挑花、堆绣、锁绣、贴布绣、打籽绣、破线绣、钉线绣、绉绣、辫绣、缠绣、马尾绣、锡绣、蚕丝绣。这些技法中又分若干针法，如锁绣就有双针锁和单针锁，破线绣有破粗线和破细线等。

苗绣围腰，以白色为底色，上面满绣有蝴蝶、蜈蚣、龙等，造型飞舞、张扬。绣品以蜈蚣、龙等为主纹样，下面三层另有蝴蝶、小蜈蚣等，为苗绣产品中的传统典型纹样。

苗绣另一特色是借助色彩的运用、图案的搭配，达到视觉上的多维空间。挑花也称"数纱绣"，是苗族特有的技艺，不事先取样，利用布的经纬线挑绣，反挑正取，形成各种几何纹样。挑花就是借助色彩和不规则几何纹样的搭配，形成多视角的图案，从而达到"横看成岭侧成峰"的立体与平面统一的视觉效果。

　　苗绣，具有传承历史文化的作用，主要表现在刺绣的图案上。几乎每一个刺绣图案纹样都有一个来历或传说，都深含民族文化，都是苗族服饰刺绣精美与民族情感的表达，是苗族历史与生活的展示。蝴蝶、龙、飞鸟、鱼、圆点花、浮萍花等图案都是《苗族古歌》传唱的内容，色彩鲜艳，构图明朗，朴实大方。

　　在漫漫历史长河中，传承民族文化、承载民族记忆的苗绣，使苗族服饰被誉为"穿在身上的无字史书"。近些年来，赶水高度重视传统特色文化的传承与发展工作，让更多的苗族群众学习苗绣技艺，使苗族文化的精髓得到保存、传承和发扬。

　　"芦笙一响，心里发痒。"芦笙舞，是苗族融在芦笙曲里的记忆。苗族人民能歌善舞，他们的芦笙曲调优美，舞蹈节拍欢快。

　　芦笙，对于苗族人家来说，不仅是他们喜爱的一种乐器，更是其民族文化的象征，贯穿于生活的方方面面。

　　芦笙是苗族文化当中一种非常古老的乐器，但具体从何时发端，如今也没有

○ 芦笙舞雕刻

谁能说清楚。

关于芦笙，坊间传说不一，但多数专家认为芦笙的曲调大多是模仿动物的叫声而来，且流传下来的曲调，也多与人们的生活密切相关。

芦笙，是苗族文化的图腾象征，是苗族人民情感的表达方式。只要有苗族人的地方，就会有芦笙。逢年过节，苗族人都要举行各式各样、丰富多彩的芦笙会，吹起芦笙跳起舞，庆祝自己的民族节日，丰富生活趣味。

芦笙的曲调，以欢快为主，大多反映苗族人家洗衣、田间劳作等日常生活情景。

芦笙一般与芦笙舞相伴而生。吹奏芦笙，都要配合相应的舞蹈。

苗族芦笙舞是赶水苗族最具有代表性、最大众化的舞蹈形式，它包括挤芦笙、山羊打架、龙钻洞等三种舞蹈。参加者至少三人，一人吹笙确定步调，二人随之起舞。如果场地宽广，人数较多，吹笙者可不止一人，随舞者可增加组合，舞步不变。

○ 欢快的苗族芦笙舞

挤芦笙舞，又称"狂跳舞"，历史悠久。据清《皇清职贡图》载：苗民"常吹竹筒笙为乐"。挤芦笙舞在赶水苗家最为普及，几乎每个苗族人都会。一人吹笙前导，舞者手挽手相互夹紧，围成半圆形，随节奏起舞，一般九步，从右往左绕圈进行，步伐是：首先向左四步挤第一下，口喊"水捉"，随后左推右拉，前躬抬后脚，后扬抬前脚，继续往左四步，即两头向中间用力挤第二下，口喊"水捉"，如此循环往复，妙趣横生。

山羊打架舞，系模仿山羊动作而跳。一人吹笙前导，二人叉手于腰，往左两步，第三、四步同时转身，方向相反，身体相对，前脚相抵，肩头相撞，此后二人位置不断轮换，如此循环往复，欢快生动。

龙钻洞舞，也是模仿动物动作而跳。一人吹笙，二人随节奏起舞，见吹者将至，搭手成洞，吹者穿洞而过，或往左或往右转回，二人放手转身一圈肩头相碰，口喊"水捉"，如此循环往复。

芦笙舞是赶水苗族非常重要的非物质文化遗产，独具特色，体现了苗族能歌善舞、豪迈奔放、热情好客的民族性格，彰显了浓郁的渝南山区苗族特色，体现了舞蹈与音乐、体育的完美统一，具有很高的艺术性、健身性和观赏性。

第七节　文化浸润的草苑萝卜

在赶水镇石房村村委会的那个大院坝上，有一尊萝卜雕塑。雕塑上面刻着一篇《萝卜赋》：

綦南赶水，渝黔要隘，宋神宗熙宁年间，遣熊本平南，置军衔"捍水"而得名，历九百四十余年。娄山巍峨，携千峰之翠薇；赶水蜿蜒，聚万流而碧波。祥山毕至，桥乡儿女争风流；天赐沃土，草苑萝卜竟飘香。

草苑萝卜者，赶水特产也。种植之史，源于清康熙廿年，传有穆氏，喜用草苑。他日，草苑跌入矢坑而不得。次年盛夏，摭圃育苗，将草苑与粪施于地，获萝卜，状如草苑。草苑萝卜，珍奇极品，御膳圣喜，名震京华，距今三百二十余年矣。

民风淳朴，百姓缘于凤志；天道酬勤，民众传承耕耘。赶水萝卜生态奕奕，草根人参品质比比。其形异者，扁平椭圆，殊世独立；其色美者，洁白无瑕，如参似玉；其味爽者，甘甜细嫩，入口化渣。美容养颜，化痰减肥，清热解毒，通便利尿。草苑萝卜，炖汤红烧，腌制生吃，胜逾山珍水果。或云：煲得一盅清汤，品味地宝精华。体验三分风雅，笑看云卷云舒。

改革，成就空前鼎盛；开放，汇聚万千气象。萝卜形成产业，草苑成为品牌。南州有福，辖此韫涵丰盈之地；赶水幸甚，据兹特产富饶之乡。歌曰：

春风化雨，桥乡赶水声震四海；

品牌创新，草苑萝卜名扬九州。

○ 草蔸萝卜雕塑

赶水草蔸萝卜，始于明朝年间，至今已有500多年的栽培历史。其特点为状如草蔸、个大色白、肉质细嫩、入口化渣、品味甘甜。草蔸萝卜，不仅是赶水的一项特色产业，而且延伸了萝卜文化。萝卜文化，反过来又推动了草蔸萝卜产业的不断发展、壮大，形成地方特色品牌。

石房村是赶水草蔸萝卜产业基地的核心区，成片的基地就有2000多亩。萝卜成熟的季节，走进村里，可以看到满山遍野的萝卜地里插着一块块黄色的小纸板，形成一道独特的风景。那小纸板就是粘虫板，村民们在种植草蔸萝卜的过程中，从不施农药，都用这种物理的方式来杀虫。草蔸萝卜是名副其实的无公害绿色食品，解放前曾是地方官员进奉给朝廷的贡品，现在又多次走进中南海，成为桌上佳品，令人交口称赞。

赶水镇已经在石房村举办了十一届萝卜节，每届均举办萝卜王选举大赛，并给予表彰奖励。

在村民服务中心，有一间50多平方米的展览室，展示了草蔸萝卜的发展历程、系列产品、特殊的营养保健功能等，这些都是草蔸萝卜文化的实物载体。

在挖掘草蔸萝卜的历史文化中，赶水镇组织人力，在民间搜集整理出《草蔸萝卜的故事》等民间传说故事，赋予了草蔸萝卜更深厚的文化内涵。

近几年来，赶水草蔸萝卜的文化又有了新的发展，成功申请了"中国地理标志产品"证明商标，还创作了《萝卜歌》在赶水镇机关、企事业单位、学校及乡村广为传唱……

○ 萝卜公园

第四章 传说故事

【导读语】

久远的故事传说，像一首首充满激情或缠绵的诗，经过一代又一代人的不断吟诵，人们便耳熟能详、家喻户晓。

在赶水这片神奇的土地上，有记忆中的望江楼、龙洞子与太子庙的传说、建文帝避难串珠山、铜佛坝与石鼓山、香山传奇、百福渡的故事、县太爷审案定名赶水、石房子的前世今生、钦差坝的由来、神奇石仓岩、农山场的兴亡、神秘太公山、苗族蜡染的传说、草蔸萝卜传奇、王婆腐乳独一味、赶水萝卜瓜的由来、谢家街逸事、村民领了年终奖、草蔸萝卜进中南海、长寿泉的故事等，从不同时代、不同角度展现赶水的历史人文、风土民情、传统特色，照耀了古人，绚丽了今人。

长长短短的记忆，总在潮起潮落的拐角处闪转，纵使时光消逝，而那些故事传说却成永恒。

第一节　记忆中的望江楼

望江楼，初名聚贤庄。据传，建于西汉成帝河平年间（前28—前25），屹立于藻渡河与綦江河交汇的岸边，即现在的赶水中学右下边，曾经是赶水最为宏丽的建筑。

望江楼整体通高10.8米，共三层，下面两层四方飞檐，上面一层八角攒尖，每层的屋脊、雀替都饰有精美的禽兽石塑和人物雕刻，阁基有石栏围护。朱柱碧瓦，宝顶鎏金。阁廊宽敞，每方四柱，屋面盖以绿色琉璃瓦，翘角飞檐，雕梁画栋，金顶耀目，既稳健雄伟，又秀丽玲珑，可谓美轮美奂。

相传，汉成帝河平年间有一位朝廷官员名叫陈立，为牂牁太守，发兵灭夜郎国。当时赶水地域属于夜郎国领地。陈立攻占并断绝夜郎翁指部的取水之道。夜郎王兴被杀，牂牁太守陈立又"使奇兵绝其饷道，纵反间以诱其众"，造成夜郎部队情绪不稳定，仅有的水源又被占领，取水、取粮道路也被断，水喝不上粮食也续不上的夜郎翁指部发生内乱，于是"蛮夷共斩翁指，持其首级出降"。牂牁太守陈立将夜郎数万兵士打破整编或遣散，夜郎国最后一股有生力量被消灭了。当时，陈立灭夜郎时，就曾率军驻赶水，他把聚贤庄作为指挥大本营，暗中还带了吕倩等两个容貌娇俏、武艺高超的女侠客和八个武功超群的男侠客，这些人既是他的贴身保镖，又是行军打仗时施行刺杀任务的刺客。

吕倩，据说是吕后大家族的第十二代之女儿，陈立灭夜郎后，就把吕倩等十个侠客留在了赶水聚贤庄，以监督夜郎的民情与军情。由于有吕倩等侠客经营聚

○ 望江楼遗址

贤庄，这个渡口日渐繁华，熙来攘往。吕倩等人在陈立走后的第三年便把聚贤庄改为了望江楼，寄托了对陈立的信任与依恋，有诗为证：

> 聚贤易名望江楼，物是人非思人愁。
>
> 情随浪去难回首，等君黑发白了头。

陈立回朝廷任职左曹卫将军、护军督尉等职后，就再未到过赶水，而吕倩等人一直留在了赶水为朝廷效力。

在古代，望江楼是进出赶水的必经之地。江楼送客，綦江行舟。于是在无数人的记忆里，望江楼就是赶水，赶水就是望江楼。望江楼以充满温馨的人文记忆而镌刻在许许多多人的心中。

其实，望江楼所在的位置，古代叫四娘津。为什么叫四娘津呢？当时，赶水河两岸是四季花开不断，吕四娘在习武空闲之时常常与其他九个明艳动人的师姐、师妹乘船嬉玩，一路流连观赏美景，沿途萌生许多灵气，于是人们就把这个望江楼津改叫四娘津，享誉四方。同时，要远行的人们往往从赶水桥码头上船，亲朋好友同船相送，送到四娘津，一般就不能再向前送了。送行者下船，远航的船云帆高挂，船向前拐过两个弯，一切都消失得无影无踪，剩下的只有人们无尽的惆怅。

这吕四娘为何许人也？

相传，在康熙、雍正、乾隆三朝时期，曾大兴文字狱，雍正年间湖南秀才曾静因不满大清的统治，暗中怂恿陕西总督岳钟琪抗清，可没想到被岳钟琪出卖了。雍正为了巩固王朝统治，就拿曾静的事大做文章，在这过程中牵连了很多无辜，其中就有吕留良。吕留良是浙江文士，他还有几个徒弟都因为这件事被牵扯其中。但是，这吕留良人早就去世了，却仍被掀了棺材盖儿，而吕留良的家人和徒弟们则被贬的贬、杀的杀。这件惨案，堪称清朝文字狱之首。而吕四娘便是吕留良的孙女，当时十三岁左右，因并没有在老家，而在赶水望江楼拜一个云游高僧甘凤池为师，练习武艺，所以，她侥幸躲过了此劫。

吕四娘得知全家被杀的消息后，化悲痛为力量，更是勤学苦练武功技艺，立下血誓，有朝一日一定刺杀雍正为家人报仇雪恨。

吕四娘苦练功夫八年后，便与另两个师妹一道离开赶水望江楼前往京城准备刺杀雍正。

话说有一天，雍正去圆明园散心，在路过古香斋时，发现有一位女子在吹笛子。这秀女以为自个儿打扰了雍正，顿时哭了起来。但是这雍正看这小姑娘特别招人喜欢，安慰了两句便离开了。

到了晚上，雍正突然想起白天的那个秀女，便安排人去把她接来。在接那秀女的过程中，却被吕四娘给掉了包。太监们直接把吕四娘给抬了进去，吕四娘看见雍正，便使出了师父传授的顶尖功夫，一脚将雍正踹倒在地，还没等雍正反应过来，吕四娘便直接割下了他的首级，为家人报了仇。所以直到现在，民间还传言，说雍正的陵墓里没有头，而是乾隆命人给他做了个黄金头替代真头……

赶水地处川黔要冲，历来是兵家必争之地。太平天国著名将领翼王石达开及其所部，就曾在綦江与清军多次激战未克，留下遗恨而转战赶水，扎营营盘岗，饮宴望江楼。翼王石达开饮酒时诗兴来潮，曾吟诗曰："万颗明珠一瓮收，君王到此亦低头。五龙抱住擎天柱，饮得黄河水倒流。"翼王吟罢，人们满堂喝彩，赞不绝口。

石达开在赶水太公山与清军展开激战，将士伤亡惨重。因缺医少药，石达

○ 记忆中的望江楼

开便深入民间，体察民情，广行布告。有一个名叫田三嫂的人，三十多岁，端庄秀美，能说会道，她告诉石达开，本地百姓种植的芹菜，茎和叶都可以用水煮沸熬成药汤，给受伤的将士喝或清洗伤口，可治伤寒。石达开听了田三嫂的小单方后，广为收集芹菜，洗尽后熬汤给将士们用，将士们的伤势果然三五天就好了，效果很好。于是石达开便召集田三嫂等贤能之士在望江楼摆宴酬谢，乘兴题诗一首曰：

> 四娘安度望江楼，学艺尊师报血仇。
>
> 摇桨船行波水荡，太平战事几时休。
>
> 三攻綦域军旗卷，一揽山川景致幽。
>
> 相会有缘从此后，曲终人散使人愁。

这首诗反映了石达开忆起了吕四娘拜师学艺轰轰烈烈刺杀雍正报仇雪恨的故事，也表达了他参加农民起义的初衷，是为了解救劳苦大众于水深火热之中的良好愿景。而在綦江、赶水等地遇战事不利，对前途深感困惑。1863 年 4 月 12 日，石达开为保仅存的 3 万多将士性命，自愿受降。后被四川总督骆秉章杀害，就义于成都，年仅 32 岁。这出悲剧，从天京内讧那一刻开始就已经注定。

那栋有着悠久历史和传奇故事的望江楼，于清同治十二年（公元 1873 年）的一次洪水中消失得无影无踪。那消逝的望江楼，其实就是专门为回忆而准备的一杯酒。回忆越深，回味越浓；思念越深，情意越浓。世界上好多事都是这样，因为有了回忆，才丰富了光阴，多彩了生活，懂得了珍惜。所以，捻花为墨，晾晒从前，也成了岁月中的一件美事。

第二节　龙洞子与太子庙的传说

龙洞子，位于赶水青龙村（现双丰村）的青龙嘴，其周有一处 30 多米高的山壁，溪水从中间流淌，形成一道壮美的瀑布，如烟如雾，颇具诗情画意。飞瀑落处是一个方圆 30 米许的深水潭，潭四周藤蔓横牵，苍翠欲滴，可近观瀑布，情趣盎然。

关于龙洞子，民间有个传说。很早很早以前，龙洞子上就形成了一个村落，人们叫它青龙村，后来建立了一个青龙书院。书院有两个学生，一个叫王翔，另一个叫叶刀。有一天，书院的罗先生叫王翔、叶刀两人到龙洞子抬水，他俩出去以后，便在龙洞子深水潭中玩耍。一会儿，叶刀发现了两个绿色的蛋，他认为是雄鹰蛋，便让王翔看一看。王翔看了一会儿，就把其中一个蛋敲个小洞，然后把蛋清和蛋黄都吸食了。叶刀发现后颇为生气地说："蛋是我先发现的，我都没有食，你怎么就先食了呢？"于是叶刀也吃了另一个蛋。三天后，王翔变成了展翅飞翔的雄鹰，而叶刀却变成了一个拈弓搭箭的射手。每当王翔展翅飞翔时，叶刀就拈弓搭箭射击他。王翔惧怕，就躲进了龙洞子水潭里，叶刀就猛射了他九箭。因有洞有水掩护，叶刀虽有百步穿杨的箭术，却无法射到王翔。原来那两个蛋，不是寻常之物，而是女娲当年炼石补天时遗落的两个相生相克的"对头石"，年深日久，就变成了两个雄鹰蛋。王翔得不到安宁，最后只得穿洞缝而过，西出赶水河，住进太子庙出家为僧，后升为该庙住持，弘扬佛法，普度众生。而叶刀一直在洞前守望着，等待王翔出来。天长日久，叶刀便幻化成一块

○ 龙洞子

如人形的巨石，坚守在龙洞子前。

龙洞子上边，有巨石耸立两旁，酷似石门。两岸多奇石，上刺青天，下插深潭，飞流直下，激起狂澜，冲成深潭，潭深不见底，望之心悸。古昔之时，每逢干旱，就有人到潭边祭祀求雨。听说求雨前乡民都要沐浴斋戒三日，然后穿着整洁的衣服，由乡绅率领前往。队伍前头执神旗，敲打凸锣，跟随参加的人一律不准戴笠与打伞。当游行队伍的锣声响时，声闻远近，沿途的村民大都前往一起参加。人们到了龙洞子潭边，在桌案上摆放九素五荤菜肴举行祭祀。主持人满怀诚意而郑重地宣读表文，并燃放九响铁炮，将烧红的犁头投入潭中，当即升起一阵烟雾，祭祀宣告结束。祭祀后，一般在一个时辰内必下一场大雨，参祭者欢呼雀跃，载歌载舞而归。七天后，还要演酬神戏，以感恩降雨。

相传，明朝惠帝建文四年（公元 1402 年），建文帝朱允炆避难驻太子庙，曾撰一联刻于太子庙正门，上联曰："赶水汇聚风云人物"；下联曰："天恩泽被大明众民"；横批曰："缘来缘去"。建文帝刚到太子庙时，方丈见他气宇轩昂，面容天方地阔，诵佛经声急，敲木鱼声响，于是对他说："短短今生一照面，前世多少香火缘。缘在缘在，缘失心念，经音、鱼声可见一斑。"建文帝闻言，如醍醐灌顶，心中茅塞顿开。心想："是啊，如能继承帝位即是缘在，现失去帝位即为缘去。世间万物，一切皆为缘来，一切皆为缘去。既然出家人四大皆空，还有什么不能放下的呢？"他在佛教的包容和熏陶下，帝位不保之怨化为乌有。

○ 太子庙

　　建文帝在太子庙隐居，因这里山川秀美，故乐在其中。不料，赶水连降暴雨，百姓苦不堪言。太子庙的土地菩萨便向建文帝告御状，说是有东海龙王三太子敖丙作祟，请凡间真龙天子搭救百姓。建文帝便奋力一跃，化为神龙与三太子搏斗。他用宝剑降伏了龙王三太子，使赶水再现风调雨顺。从此，再大的洪水，只要水位线刚接近太子庙时，洪水即刻退去，要不然那就是民谣所说，"大水冲了龙王庙"，一家人不认一家人了。

　　据传，明朝第十一代皇帝武宗朱厚照（人称"正德王"），于正德十年（公元 1515 年）农历八月十五日，到镇紫街曹丞相老家赴其七十岁生日宴前，游历到太子庙，虔诚地祭拜过在此避难的建文帝。

　　明正统元年（公元 1436 年），英宗继位。有一天乳母向他说起身世，英宗如闻惊雷，发誓要找到自己的爷爷和生父。但不能大张旗鼓地找，只能以查访、巡视为借口寻找。

　　普天之下，莫非王土。后来，功夫不负苦心人，英宗终于找回了他的爷爷建文帝和亲生父亲朱文奎，一家人终于团聚……此故事为民间传说，听来玄乎。真可谓：故事里的事说是就是，说不是也是；故事里的事说不是就不是，说是也不是。于是有诗云：

刀削石壁云天耸，捍水双龙斗法坛。
一径水门悬百丈，三回避箭觅十安。
龙潜此处渡劫难，祭示乡民愿大川。
护佑流芳泽世久，至今千古颂先贤。

第三节　建文帝避难串珠山

　　串珠山，原名二龙山，位于赶水新炉村。相传建文四年（公元 1402 年）夏天，建文帝朱允炆因惧怕朱棣（即公元 1403 年登基的永乐帝）追杀逃至此避难。后来，人们看见此山由几个圆形的山峦组成，状如几颗珍珠相连，又谐音称之为"串珠山"。据说，朱允炆在串珠山太子庙隐居五年，吃斋念佛，修身养性，深知民间疾苦。

　　话说明朝第二代皇帝建文帝的失踪，多年来一直是个谜，与和氏璧的失传、武则天无字碑以及宋太祖的去世一起，被称为中国古代历史四大谜案。建文帝失踪这个谜案延续六百年之后，也相继出现了好几种说法，都说破解了这个历史之谜。然而，仔细看来，朱允炆的下落是个谜，朱允炆的身世也充满了传奇。

　　朱元璋一共有二十六个儿子，他在位时，太子朱标就去世了。朱标有五个儿子，长子朱雄英先于父亲夭折。按照封建礼法的规定，大明朝的皇位应该由太子的二儿子朱允炆接替，但朱元璋赏识的是他的第四个儿子燕王朱棣。朱棣聪颖，而且英武有谋略，曾跟随朱元璋南征北战，战功卓著。朱元璋认为这些儿子中，只有朱棣是最像自己的，因此，他心里更希望立朱棣为继承人，但又担心以立能代替立法，会引起大臣们的反对。于是，他郑重其事地将这个问题提交大臣讨论。有的大臣怕得罪太祖，就缄口不语。有的大臣觉得这是太祖心中有鬼，将一个根本不存在的问题提了出来，有损体统，便干脆质问太祖："如果立燕王朱棣为储，那么，陛下的其他儿子就不会有想法？陛下又准备置他们于何地呢？"

○ 串珠山远景

朱元璋没办法，只好立长子的次子朱允炆为皇位继承人。这本来是应该的，但朱元璋的这番折腾，无疑点燃了朱棣心中谋夺皇位的欲望，为日后宫廷事变埋下了祸根。

《明史纪事本末》载："建文帝出家为僧。"朱棣破城时，建文帝知道这个叔叔一向手段毒辣，决定自决，携宫妃们纵身火海，一了百了。这时，一位老太监出来制止说："陛下，您爷爷宾天前给您留下了一只铁箱子，让我在您大难临头时，把箱子转交给您，这个箱子现藏在奉先殿内。"宫人立即从奉先殿抬出这只箱子，打开一看，里面有三张度牒（僧人身份证），三套僧衣，一把剃刀，还有一封遗书，称"建文从鬼门出，其他人从水关御沟走，傍晚在神乐观西房会集"。

于是，建文帝等三人立即剃头、换衣，带着九个人，来到位于太平门内的鬼门。小门仅能容一个人出入，一行人弯着腰，从这个狭窄的通道出去，外面是水道。水面上有一只小船，船上有一位僧人。僧人招呼建文帝等上船，并叩首呼"万岁"。

建文帝问僧人："你怎么知道我在这里？"僧人答道："我昨夜做了个梦，梦见你爷爷。他也是个出家人，叫我今天在这儿等你，接你入寺为僧。"从此以后，建文帝出家为僧。但他仍怕官兵追杀，就一直往西南走。

在《明史·姚广孝传》里载，朱棣当了皇帝后，了解到建文帝削发为僧外逃了，就把建文帝的主录僧溥洽抓了起来关进监狱长达十余年，逼他供出建文帝下落。并派郑和下西洋"欲寻踪迹"，派户科都给事中胡濙遍行郡、乡、邑长达十六年，搜寻建文帝下落，一直到朱棣死前一年的一个晚上，他已睡下了，但听说胡濙回来了，便急忙穿上衣服，在寝殿单独召见胡濙。胡濙

○ 神秘串珠山

访得建文帝离开紫禁城后，削发为僧，没有去神乐观，而是去了几千里之遥的西南边陲赶水串珠山东岳庙，此后一心为僧，无复国之意。

《明史纪事本末》中载，建文帝流浪三十九年，在明英宗正统二年（公元1437年）被人认出，朝廷也不知道是真是假。宫中有个老太监，名叫吴亮，过去曾侍奉过建文帝，叫他来辨认。建文帝一见，就问："你是吴亮？"吴亮回答说："我不是吴亮。"建文帝又说："过去在御便殿，有一次我吃饭时，不小心掉了一块肉在地上，你趴在地上把它吃掉了。你忘记了？"太监吴亮闻言大哭。建文帝又暗知英宗是自己之嫡孙，因英宗宣称自己正统，则表明帝位又回到朱标一系了。从此，建文帝入居宫中，过着锦衣玉食的生活，直至寿终正寝。有诗记之：

> 只因皇位遭劫难，不畏辛劳赴僻南。
> 求得佛经龙体健，吃斋修性串珠山。
> 民间感念知疾苦，才悟宫中度梦欢。
> 成败是非天注定，子孙团聚度华年。

第四节　铜佛坝与石鼓山

从古至今，悠久丰富的赶水地域文化，孕育了众多的传说故事。

据清道光《綦江县志》载："其铜佛坝，在故南平军西门外，地有金铜佛像二，相传为唐明皇所铸。"又据《舆地纪胜》载："铜佛坝在金城西门外，地有金铜一佛像。"这些史料，都说明现今的赶水，以前就叫铜佛坝，因有两尊金铜佛像而名。

相传，当时赶水叫捍水，河岸边住满了南来北往的人家，富足而安定。但有个叫黄顶的人，想要独霸这水乡富饶之地，于是就用重金请了东岳庙的一个白发长须的妖道，幻变成两条九丈九尺长的癞皮蟒，将捍水河搅得天翻地覆，水浊鱼死，良田尽毁。这事被龙洞子的龙王三太子敖丙发现了，便对癞皮蟒穷追猛打，把它逼进了捍水坝里的两口深不见底的水井中，并搬来神石暂时封住井口，使其无法出来兴风作浪。

当夜，龙王三太子便托梦给当朝皇帝唐明皇（即唐玄宗李隆基），要他务必在九九八十一天之内，用九千九百九十九斤铜，铸两尊金铜如来佛像，压在巴蜀捍水坝井口以绝后患。

第二天，唐明皇上朝时便向列位大臣说出梦中之事，要求军政大臣速发日行八百里加急文书，察访是否有此事。半月后，证实梦中龙王三太子所托之事不虚。于是唐明皇颁布御旨，要求负责冶铜的大臣在七天之内收集黄铜九千九百九十九斤，在十九天之内铸造成两尊金铜如来佛像，赶在八十一天之内

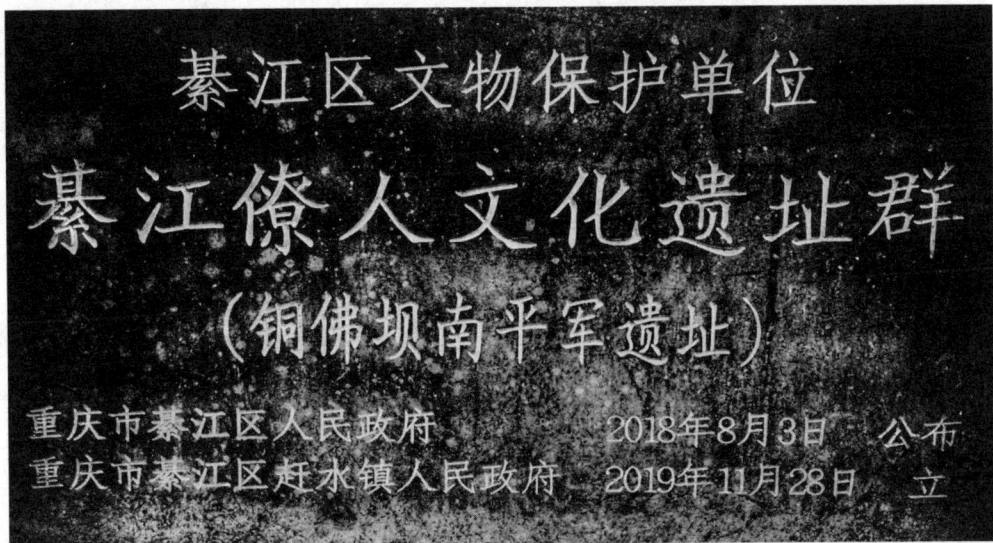

○ 铜佛坝南平军遗址碑

把所铸佛像送到巴蜀捍水。朝廷各级官员及工匠艺人遵旨行事，用了二十多天时间，两尊佛像铸成。佛像面部丰满，大耳下垂，显得十分恬淡安详。穿着的衣饰就如唐代人的穿衣风格。这两尊鎏金铜造像，表层颜色淡雅，在阳光下折射出来的光线柔和，显得庄重而威严。

刚好八十一天之时，两尊九千九百九十九斤重的金铜如来佛像成功送到了指定地点捍水坝，其两个莲花宝座也正好罩在两个井口之上，将两条癫皮蟒永远镇压在深井之下，使其不再为祸世人。

当地官员及百姓，为了感恩唐明皇的爱民之举，从此就把捍水坝易名为铜佛坝。现仍流传有民谣曰"偏僻捍水叮当穷，但有如来佛像铜"，道出了这两尊佛像，曾是捍水的宝贵财富。

在铜佛坝的对岸，有一座山叫石鼓山。据清道光《綦江县志》载："石鼓山，在县南一百一十里。悬岩有石如鼓，发脉尚书坪，迤入夜郎溪，与古南平军治相峙。"这座名不见经传的石鼓山，与太平天国翼王石达开有一段鲜为人知的故事。

相传，太平军天京内讧后，石达开便愤然率部离京，曾三攻綦江未克，便移军驻扎东溪丁家湾。一天早晨，他率领十多个将领到石鼓山察看进军贵州大渡河的路线，立志再创太平军的辉煌。但他们一行刚到石鼓山前，行踪就被清军

○ 石鼓山

获悉，只能仓皇逃离。钻山沟，走密林，石达开等人被追兵追得四处躲避，前无生路，后有追兵，只能逃上山顶。登上山巅，眼前惊现数丈石鼓，鼓面九尺有余。一时间他思绪来潮，于是斩木为槌，割立九根树枝为香，对天默祷盟誓："今日我石达开被追兵逼迫来到此地，身临绝境，只能击鼓询问前程，如果我能离开此地，我敲你时你就发出声音；如果我不能离开此地，我敲你时你就闷不出声。"随即，石达开抡起木槌猛击三下石鼓。随即，奇迹出现了，槌落鼓响，犹如惊雷炸响，震耳欲聋。石达开等人，闻声也面面相觑，深感惊奇。正应验了当地"石鼓盼同姓，你敲我就应"的民谣。原来，石鼓山与石达开属同姓，且石达开是带兵的将军，故石达开能敲响石鼓。

清军追兵忽闻鼓声骤响，以为是石达开所潜伏的军队正击鼓进军迎战他们，于是被吓得望风而逃，溃不成军。此时的石达开转忧为喜，便率领人马回大本营丁家湾，连夜制订了进攻成都的行军计划，史称"东溪决策"。

话说，石达开离开石鼓山回到丁家湾的当夜，便做了一个奇怪的梦。梦中只见空中电闪雷鸣，大雨倾盆，一条大河波涛汹涌，横在眼前，后有追兵红旗猎猎，喊杀声震天动地，前不能进，后不能退。正在他迷茫之时，忽见太白金星向他迎面走来说道："客官欲渡河而去？难也？命也？我送你诗一首：'今日君临石鼓山，本家会面应声欢。只因劫数天注定，他日被困大河边。'"待石达开要详细问询诗句的意思时，那太白金星笑而不答，忽驾祥云而去，渺无踪影。

第二天黎明时分，石达开便拔营离开东溪，一路进军赶水、攻占石壕，挥师大渡河。

后来，果然应验了那诗句，石达开的军队被清军围困在大渡河边，进退不得。他为保全三万多太平军将士的性命，请求投降。后来，石达开就义于成都。

现在的石鼓山，仍有东南、西两个主峰，奇峰对峙，悬崖如削。每当登高而上，行至西峰，就会看到一块形状如鼓的巨石耸立在那里。在高耸的巨石周围，留有一些大小不等的圆柱形或半圆柱形石洞，相传是当年石达开乘马而过所留下的马蹄印迹，向世人昭示着岁月的过往与沧桑……

第五节　香山传奇

　　赶水香山，因其自古以来生长有成片成林的、满山遍野的香樟树而得名，享誉九州。解放前，铁石垭就是加工、提炼香樟油的基地。香樟树浑身是宝，树皮、树叶、果实，甚至枝干都可以入药，特别是提炼的香樟油，清香淡雅，馨香溢远，深受人们青睐，尤为妙龄姑娘所钟爱。

　　香樟树生命力旺盛，树冠广展，气势雄伟，树龄可达上千年，长成参天大树。香樟木以独特的芳香、漂亮的纹理、制作的家具耐用又防虫蛀而赢得赶水人的喜爱。从古至今，对香樟树的爱已融入赶水人的血脉，成为赶水人生命中最温暖的记忆。

　　古时候，赶水地区有女儿出生就栽植香樟树的习俗，女儿出嫁，父母把对女儿割舍不下的爱，盛装在香樟木箱子里，伴随女儿远嫁，守护女儿终生。

　　早年间，赶水的人们视香樟树为神树，祭树避灾，祈求风调雨顺、健康长寿。赶水人世代喜爱香樟树，因而有很多巨樟。这些伴随赶水历史的古老巨樟，也衍生了一些传奇故事。

　　据西汉东方朔《神异经》载："东方荒外有香樟焉，树主九州，其高千丈，围百丈……有九力士操斧伐之，以占九州吉凶。斫复，其州有福。"这种用斧头砍香樟树斧口即愈合的文字记载，给巨樟赋予了一种神秘的力量与色彩。

　　香樟树，不但为赶水老百姓世代所喜爱，而且历代文人雅士对之也钟爱有加。白居易的《寓意诗五首》中有"豫樟生深山，七年而后知。挺高二百尺，本

○ 香山八角井

末皆十围。天子建明堂，此材独中规"的诗句，说明了香樟树的高大、树形以及用处。南宋著名诗人戴复古的《大热五首·其四》云："吾家老茅屋，破漏尚可住。门前五巨樟，枝叶龙蛇舞。半空隔天日，六月不知暑。西照坐东偏，南薰开北户。胡为舍是居，受此炮炙苦。"这首诗堪称对香樟树作为浓荫乘凉的最美赞誉。同为南宋著名诗人的项安世，在《古樟书堂》诗里将文人雅士对古樟的喜爱描写得恰到妙处："问讯书堂士，门前有古樟。植根深入地，盘势阔连冈。雾合琴书润，风来砚席凉。试赓云下曲，余韵绕琳琅。"元稹《谕宝二首》长诗中有"千寻豫樟干，九万大鹏歇。栋梁庇生民，馀艎济来哲"的诗句，足见古老香樟树在诗人及世人心中的地位。

据《清列朝后妃传稿》等载，乾隆一共有嫔妃四十余人，大都是满、汉女子。只有一位维吾尔族女子，她信仰伊斯兰教，最终晋封为容妃，备受乾隆皇帝宠幸，这实际上就是传说中的香妃。

香妃生于清雍正十二年（公元 1734 年），是新疆喀什噶尔贵族麦赫杜姆·阿扎木第七代后裔，也是新疆伊斯兰教上层和卓家族的子孙。有人说她叫作伊帕尔罕，在维吾尔族语中即"香"之意。乾隆二十五年（公元 1760 年），香妃入宫，初封为和贵人。

据传，她从小就喜爱用赶水香山香樟树提炼的香油来浸泡洗澡，天长日久，身上就油然而生一种芳醇的体香。据说，那时赶水炼制的香樟油，通过赶水码头和川黔盐马古道畅销天南海北。那位维吾尔族姑娘伊帕尔罕刚进宫拜见皇帝

○ 香山风光

时，"玉容未近，芳香袭人，既不是花香也不是粉香，别有一种奇芳异馥，沁人心脾"，且她长着一副绝代容颜，故被乾隆封为"香妃"。

乾隆十分宠爱香妃，专门安排巴渝官员每年进贡赶水香樟油，并在武英殿西侧修了浴德堂，专供香妃每日沐浴。因其是维吾尔族人，乾隆特准她长期穿维吾尔族服装，保持维吾尔族饮食习惯。宫中还为她专设了维吾尔族厨役，以照顾她的民族习惯。直到乾隆三十年（公元1765年），香妃才改穿服饰，换上了特制的满族朝服、朝冠和吉服。在乾隆四十多个嫔妃中，她的名位排列第二。在进宫后的近三十年时间里，香妃先后多次陪同乾隆南巡，还曾随驾赴盛京，拜谒过清太祖努尔哈赤陵等。香妃在乾隆的小心呵护中活到了五十五岁，于乾隆五十三年（公元1788年）四月病逝于宫中，葬于河北遵化清东陵裕陵妃园陵寝。

历史的长河，飞湍远去，赶水的香樟，极盛而殁。如今只有香山之名，而无香樟之实。不得不感叹岁月虽无情，却香了香妃、乐了乾隆、逊了风骚……

每当在四处行走时，不经意间，一棵或数棵甚至一片香樟映入眼帘，心底不由得一惊，自问：这是诗人白居易、元稹等笔下的香樟，还是赶水提炼香油的香樟？

曾经的赶水盛产香樟，刻印心中，敬畏之情陡生，让人遐想联翩。于是有诗曰：

赶水香樟誉九州，期闻花草木栖幽。

樟油提取悦容笑，面见乾隆不害羞。

纵使嫔妃皆绝代，奔呼香味数风流。

有名遗恨也无实，消逝如烟亦有愁。

○ 赴水香山、串珠山、大公山远景

第六节　百福渡的故事

百福渡，以前叫赶水渡，现在叫铁石垭渡。据清道光《綦江县志》载："百福渡，在安里赶水镇。乾隆二十八年，里人陈能许等倡捐买置田业，永为义渡。"

清朝初期，设立赶水渡为朝廷的官办渡口驿站，因为康熙年间九子夺嫡落下巨大亏空而不得已停办。因赶水自古为川黔重镇，南来北往的渡客络绎不绝，渡夫日夜不歇的赶水官渡驿站又重新被当地恶霸渡夫把持起来，对那些来自异乡的过客及当地寻常百姓百般刁难，要渡过这赶水渡都得花比一般渡口更多的渡钱，才能坐着这些渡夫的船过河。而当地官绅因得了恶霸渡夫的好处，自然也就对恶霸渡夫的所作所为睁一只眼闭一只眼，不问不管，任其搜刮老百姓的血汗钱。

从清初到康熙后期，赶水渡持续着因贫富而收费不公平的现象，普通老百姓大多无权无势，所以只得忍气吞声，敢怒而不敢言。而那些稍微住得近一些的，还可以整村整保自己弄条船来在此派专人渡船以方便同乡过河，而远一点的普通老百姓或过客，就没有这便利了。他们凡是要坐船渡过赶水河，必须交较高的渡钱，否则就要绕道走十多公里的山路，所以渡客们无可奈何，只得暗自忍受着赶水渡渡口那些恶霸渡夫们的盘剥。

乾隆二十八年（公元1763年）六月，赶水渡来了位穿着俭朴的人，渡河时和当地那些恶霸渡夫们发生了一件很不愉快的事情以后，这渡口的渡夫们三个月后就集体失业了。

○ 百福渡渡口旧址

　　这位看起来不显山不露水的人，就是陈能许，号百福，祖籍安里，因家道殷实颇有钱财，加之他在十多个州府里经商多年，故富甲一方，更兼有乐善好施的高尚情操。

　　是年，天灾不断，灾民纷纷逃难。五月的一天，陈百福从重庆朝天门码头做生意归来，因沿途灾民不断，所以只得把商船停泊在綦江沱湾码头边，独自一人骑马回赶水与家人团聚。当他经过桥河一带时，因山路崎岖，官道两旁也有从江津被迫转入綦江县的难民。陈百福看到那些逃难的老人家走得十分艰难，又没有一双好鞋穿，那裹脚的草鞋都已经穿烂，而想到他自己却有马骑、有饭吃，于心不忍，便倾情帮助他们。他身上也没带多少钱，索性把他自己那身贵气的绸缎衣物与马典当了，把换来的绝大部分钱用来买烙饼、馒头、米饭、干粮等，分发给这些年纪大的灾民们，解决他们一时的饥饿。他穿着俭朴的衣服，独自一人顶着烈日向赶水方向走去。

　　陈百福走到赶水渡口，像往常一样大步流星地迈向那渡船，刚要迈腿登船时，却见一根长长的竹篙向自己的脚尖袭来。只听得一声急促而又不耐烦的声音道："什么人，一副穷酸样儿也要坐船吗？你有钱才能坐船，没钱就游过去。"陈百福抬起头来，那渡夫说着，便又是一竹篙往他的脚上敲打过来。只听得一声响，他顿感脚尖一阵钻心的疼，不由得立马抽回登上甲板的那只脚。

○ 百福渡渡口古道

　　"这是我交渡船的两个铜子，请您……"陈百福按以前自己渡河的价钱，从怀里掏出两个康熙通宝来递给渡夫，却不想那渡夫又是一竹篙袭来，把陈百福手上的那两个铜钱给弹开了，铜钱随之掉进河里。"官绅老爷过河才出两个通宝，你个穷人也出两个通宝？你要过这赶水河，最少要交一钱银子才能过！否则，今天休想过河！"陈百福正要上前理论，却看到旁边一个和他一样打扮的外乡老人家，不得已交了一钱银子，而后才上得一条船渡河。而他又发现不远处，一个衣着华丽的官绅却只交了两个铜钱。这下他全明白了，原来之前自己穿得好，以为渡费是两个通宝，而不承想，今日一番穷苦打扮却不得已要出一钱银子才能过河。想到这儿，他非常气愤，想着这赶水渡来来往往的这么多年了，这些恶霸渡夫们不知道坑了多少穷苦老百姓的钱。"你放心撑船，我一个子儿也不会少了你的。"说完他也不管那渡夫的阻挠，一个箭步登上船。可那渡夫却还是鄙视地说："你懂规矩不？钱都没出就上船来？"陈百福见他们人多势众，从怀中掏出一钱银子递了过去，那渡夫见了这银子便露出了得意的笑容。

陈百福在船上站定后，看着和他一样打扮的贫苦老百姓那无奈的眼神儿，顿时火冒三丈，便指着船上的两个恶霸渡夫说道："我跟你们打个赌，三个月后这赶水渡，过河之人全部免费，分文不取，你们信不信？"那一头一尾的两个渡夫听了后，又看了看陈百福一身穷酸样打扮，冷笑几声后挖苦他道："你脑壳进水了吧！要过赶水河，三个月后还免费，除非太阳从西边出来！"说完，这两人又继续狂笑起来，笑声与桨声穿林渡水而去，传得很远很远。

陈百福愤愤然地上了赶水渡西岸，他不等站稳脚跟，立马回头对着那两个渡夫道："我走了大清朝二十多个州郡，也才只见得你们这赶水渡的渡夫这么歹毒，以貌收费，真是欺人太甚。三个月后，我让你们在渡口一个铜子都找不到。"陈百福的话掷地有声，道出了对那些贫苦出身渡客们的同情与对这些恶霸渡夫见风使舵的憎恶。

他回到家里，与陈氏族长商议，在安里发起倡议，号召人们捐物捐款，开办义渡，方便行人过河。两个月以后，以陈百福为首，捐财捐物，购置田产 2000多石，为义渡提供了长久的经费保障。

清乾隆二十八年（公元 1763 年）九月九日，因陈百福为开办义渡捐财捐物达百分之八十，于是赶水渡易名为百福渡，且永为义渡。每天二十四小时免费向所有过河坐船之人开放，分文不收，赢得了人们的广泛赞誉。于是有诗赞曰：

> 川黔交界办官渡，驿站绅民尽顺安。
>
> 九子夺嫡亏弃位，登船过岸乱收钱。
>
> 惩膺恶霸皆失业，首倡多福解众难。
>
> 免费往来通大道，美名史册永相传。

○ 赶水老街·铁石垭街

第七节　县太爷审案定名赶水

　　赶水，以前叫三江，曾经设过县，叫三江县。由三江改名赶水，当地有一个民间故事。

　　据说，很早以前，三江县来了一位新上任的县太爷。这位县太爷上任前心里就想，三江县地域属夜郎管辖，许是蛮荒之地。不过既然叫三江，也应该是一个

○ 三江县风光

江水滔滔、千帆竞发、码头繁忙、车来人往的热闹地方。

县太爷到了三江县城，却大失所望。县城在山谷之中，只有一条二十多丈长的半边街。住户不多，人口也少，五天赶一次场，热闹半天，平时十分清静。

这个人们所说的三江，原来只是洋渡河、藻渡河与松坎河三条小河而已，并非什么波涛汹涌的大江大河。每当枯水季节，人涉水也能过河。

这里的民风十分淳朴，争斗纠纷也少，县衙门清静，门可罗雀。县太爷见此情景，失望透顶。心想，一个巴掌大的偏远乡场，却取这样大一个地名，很是名不符实。

县太爷在衙门无案可办，便带着衙役到街上巡视。转了半天，也无事可管，正准备回衙门，忽然听到有人说："孙打婆——孙打婆……"县太爷也不亲自去过问，只叫衙役把相关人犯带到县衙，县太爷便整理官帽坐堂审理。人犯带

○ 赶水老街　下街

114

到，喊过堂威，县太爷升堂。县太爷惊堂木一拍，不问青红皂白就说："孙居然敢打婆，没大没小，不尊孝道，先打二十大板再询问审理来由。"县太爷说完，随即把签子往堂下一甩，就喊："给我重重地打人犯。"

县太爷发话以后，衙役们个个面面相觑，谁也没有动。县太爷正要发火，师爷凑到他耳边悄声说："大老爷，那人犯打不得，打不得，只怕一板子打下去就把人犯打死了。"县太爷以为师爷为人犯说情，嘿嘿冷笑一声说："我听人说过，衙役贪钱，金黄银白，使人变得眼红心黑，没想到打板子下手有这样重，一板子就能打死人。"师爷见县太爷有些误会，便请他站起来亲自看看堂下所跪人犯。因为县太爷的公案高大，坐着看不见堂下面的人，当他欠身往下一看，只见大堂上跪的是一个老太婆和一个两岁的小男孩。老太婆回禀："大老爷，是我逗孙子玩儿，孙子在我身上胡乱拍打，我哄着孙子说孙打婆，不是孙子忤逆，不尊老人。"

　　县太爷知道自己唐突了，为了掩饰其尴尬，一口咬定，即使是小孩，拍打婆婆也是以下犯上，并口中念念有词："蛮荒之地，未蒙教化，上下尊卑不分，不识大小，不分老幼，都是地名取大了的缘故。人多会在一起叫赶场，水多汇在一起叫赶水。这里明明只有三条小河沟，还叫什么三江？我看从今以后，就把这三江之名易定赶水最为贴切。孙打婆这事，师爷你就看着办吧！退堂！"于是县太爷就回后衙去了。

　　师爷等县太爷走后，就叫衙役把两婆孙放了，此案不了了之。第二天，师爷按县太爷的意思出了一个告示，从今天起，把"三江"易名为"赶水"。从此，赶水之名沿用至今。有诗为证：

　　　　三江名大播川贵，地域繁华早荡无。
　　　　孙打婆声传里户，案询情况见鲜殊。
　　　　甩签惩犯无人动，举目看人为难出。
　　　　自说县爷名惹祸，易名赶水享清福。

第八节　石房子的前世今生

以前，能用石头来建造房屋的人家，非富即贵。试想，把一块块坚硬的石头或石柱从山上开采下来后建造高大的房屋，一般的贫民小家能做到吗？这样的房子，住起来宽敞明亮，冬暖夏凉，能接天地之灵气、吸日月之光华，浑然天成，做到人与自然和谐共生。

赶水石房村，昔日石房子的富丽堂皇，早已演变成芳草萋萋的断壁残垣，遗下了太多家族历史的痕迹。高大而破旧的石房子，向世人诉说着曾经的辉煌与衰败。

赶水镇石房村石房子的主人名叫张国祥，又名张铎，生于清康熙五十七年（公元1718年）。这座石房子气势恢宏，但工程没有能够全部完工。为什么呢？赶水地区民间流传着许多故事。

相传，有一天张铎去赶水街上帮工，晚饭喝了几杯酒，吃过晚饭，便趁着明亮的月色回家。他走到一处叫羊角脑嘴嘴的地方，眼前忽然出现了一匹白色的高头大马，张铎以为自己喝多了酒眼花，但定睛一看，确实是一匹身强体健的白马。他想把这匹马捉回家，卖个好价钱来改善贫寒的生活。于是，他就奋不顾身地去追赶那匹白马，追到了一个崖洞下，白马忽然消失了。张铎正失望之时，眼前却出现了一堆白花花的银子。张铎立刻回家叫上老婆，用大背篼把银子全部背回了家。银子堆了整整一大间屋子，张铎一家因此一夜暴富，过上了富裕的日子。他用所得的银子，不断地置买田地和房子。他出钱将油草湾至赶水街上到贺

○ 石房子残存的前厅正门

家沟范围内的土地以及赶水街上所有的街房、门面全部买断，最后就只有他自己大门前的一块田没有买到。

据说，这块田是他堂兄弟的，他堂兄弟看不惯他财大气粗的样子，不管张铎出多少银子，就是不卖。张铎甚至在三分田里面摆满了银子，说只要你同意将这块田卖给我，田中摆放的所有银子都是你的。但他的堂兄弟就是一根筋，不为钱所动，坚决不卖给他。

张铎五十岁那年，准备修建一座新的祠堂，以此显示自己的富贵。他把新祠堂取名为"德铎祥祠"，名字取自他儿子张贤德和他自己的名字张铎、张国祥，这座新祠堂就是现在的石房子。从乾隆三十三年（公元 1768 年）开始修建，一直到乾隆四十八年（公元 1783 年）才基本完工，前后历时十五年之久，这座房子也没有能完全修建好，可见工程之巨大。

建造石房子所用的巨石，也有一个传说。石房子的巨石取自房背后至房子100 米远的地方。在取石时，石中有一对金光闪闪的鸭子，张铎兴奋不已，认为是上天送给自己的又一份厚礼。他正待去抓时，鸭子却急速向西飞走了。当时恰

老家趕水的石房子

○ 赶水石房子

庚寅季夏森林於蓉城

○ 石房子残存的后厅正门

　　有一算命先生路过说："这对金鸭子象征着大富大贵，没有抓到证明张铎老爷离衰落不远了，否则还将大发特发。"后来正如算命先生所言，张铎家果然很快就衰败了。

　　石房子的后厅和中厅很快建好了。后厅是住所，雕刻了一幅二十四孝图，现在还保存得较为完好。上面有"卧冰求鲤""芦衣顺母"等故事石刻。在中厅修建了花园和戏台，现已不复存在，就只有墙上的一幅石刻"观戏图"依稀可见。

　　在前厅立着四根大石柱，高十多米，直径约80厘米，平坐于石台上，经历了200多年的风吹日晒，至今还巍然屹立。

　　关于这四根石柱的竖立，也有一个传说。据说，当时立此石柱时，无论地面有多么平整，始终竖立不稳。正当工匠们束手无策之时，有一位卖豆腐的老头从此地路过，对工匠说我送几块豆腐干给你们垫上吧。工匠都当这老头随口开玩笑，但死马当作活马医，工匠万般无奈之时只有一试，神奇的是当把豆腐干垫上

○ 石房子右侧古朴参天的黄葛树

去的时候，石柱立刻就稳当了。工匠们惊奇不已，想向卖豆腐老头道谢时，那老头早已不知去向。传闻，那个卖豆腐的老头就是神匠鲁班。在石房子修建前厅的时候，张铎开始修建他的百年之所，规模巨大，当地人都悄悄地称为"皇坟"。

因为张铎富甲一方，他七十岁生日时，在石房子大办宴席。每天摆流水席，连续摆了一个月之久，连当时的綦江父母官县太爷也亲自到场祝寿，并送上一块7尺长、15厘米厚，用金粉题写的"国杖登年"匾额，留有县太爷和其夫人名字，可见当时的张铎真是显赫一方。张铎的"皇坟"修建完工后，县太爷也不问不管其是否有违礼制。

在石房子的前厅即将完工的时候，发生了一件意想不到的事情，使张铎家从此走上了衰败之路。

有一天，张铎心情正好，叫丫鬟给他装烟的时候，就问丫鬟："我这么有钱，房子也快修好了，坟也建好了，我要怎么用才用得完我的那些金银财宝呢?"丫鬟便随口答道:"老爷,想把钱用完还不容易吗?三遭人命两遭祸就用完了!"张铎正在抽烟,听到这话心里一惊,非常气愤,就顺手用烟杆打丫鬟的头,没想到丫鬟就被打死了。张铎连忙叫下人把尸体藏在花园的排水暗沟里。

张铎虽然家大业大,但还是有下人对他非常不满,就有人悄悄把老爷打死丫鬟的事报了官,告他草菅人命。因为他和县大老爷关系甚好,所以就用钱打点了关系,了结了此事。哪知道和他关系一直不好的堂兄弟知道后,向州府大人上告,告他私造"皇城"和"皇坟",这项罪名加上先前的人命案,引起了州府大人的注意。张铎连忙前去打点,也想靠金钱把此事化解。张铎哪里知道,州府大人是个不按常理出牌的人,他收下钱财却没有了结此案。张铎就此官司不断,年年打点,耗尽了所有财力物力,石房子正在修建的前厅就没有钱来续修,所以一直没有能完工。

石房子的修建因无钱就此停工,直到现在,留下了一座前厅未完,没有院坝的石柱房子。

石房子,在綦江南部民间是独一无二的。石房子所在的地名以前叫和平村,后来也因石房子而改名为石房村,这是石房子续写的新的历史。

张铎修建的石房了,其实就是财富的堆积。石房子的雄姿与富丽,成了张氏家族荣光的历史见证。伴随光阴的流逝,石房子从新建、住宿、残存,早已成为赶水地区张氏家族一段过往的历史。有诗为证:

> 石房寻迹忆华喧,德铎祥祠嵌彩间。
>
> 图孝浮雕彰美韵,金鸭飞去荡波澜。
>
> 丫头谶语遭横祸,不断官司散尽钱。
>
> 争斗是非失气运,从豪而败落魄颠。

第九节　钦差坝的由来

　　离赶水石房子不远的地方，也就是现在石房村便民服务中心的右上边，有一个地方叫钦差坝。有关钦差坝名字的来历，民间一直流传着钦差大臣福长安办案的故事。

　　却说綦江赶水石房子的主人张铎私造"皇城""皇坟"，以及人命案最终被层层上告到朝廷，乾隆皇帝御览奏章后，龙颜大怒，当即要和珅派人办理此案。和珅眉头一皱，计上心来。心想敢私造"皇城""皇坟"者，肯定有数不尽的钱财，于是暗中使劲让心腹福长安当上钦差大臣前往查办此案。

　　话说清朝乾隆皇帝在中年以后逐渐好大喜功，不但大兴土木、六下江南耗用国家人力物力，而且放纵贪污腐化的盛行。乾隆皇帝晚年更是宠信和珅，导致和珅专权，贪赃枉法，严重破坏了吏治。和珅前后专权达二十四年之久。而与和珅伙同贪污的人是谁呢？就是福长安。

　　说起福长安，可能知道的人比较少，但他的姑姑是乾隆曾经最为宠爱的女人富察皇后，他的父亲是乾隆前期最为宠信的大臣傅恒，他的哥哥也是乾隆最宠爱的大臣之一福康安。福长安是傅恒的四儿子，在家里最小，从小娇生惯养，整天无所事事，和珅就找机会安排福长安在宫里当御前侍卫。开始时，福长安也不爱搭理和珅，但是时间一长，他发现和珅这个人非常不错，福长安的大小事情，和珅都会尽心尽力地去办好。和珅还经常在乾隆面前赞赏福长安，因此，福长安官职升得很快。和珅凡是在办理一些能够捞取银子事情的时候，常常会叫上福长

○ 钦差坝石刻

○ 钦差坝房屋旧址

安，最后把所贪得的银两分给福长安一半。所以，和珅就把福长安拉下了水，同流合污。

福长安一行，通过地方府、州、县官员了解到，办理张铎一案确实有利可图。钦差大臣们到赶水后，就住在离石房子500米的一个王氏大户人家家里，也就是现在的石房村办公室所在地。钦差大臣福长安一行刚安顿好，张铎老爷便诚惶诚恐地送去几箱金银财宝。福长安等人喜出望外，没想到在这偏远之地，居然有如此有钱的大财主，而且出手如此大方。张铎老爷舍出血本，三天一小宴、五天一大宴，延请福长安等一行吃遍赶水地方特产与佳肴美味。

福长安等一行，以办案走访调查为名，实质是吃喝玩乐，在此地住了三个月后，见张铎礼物厚重，便以查不属实回京交旨。

当地老百姓因从没有看见过朝廷派来的钦差大臣，故称此地为钦差坝。

据史料记载，和珅与福长安的家产加起来，是清朝国库收入的二十倍，其中和珅的家产是国库收入的十五倍，而福长安的家产是国库收入的五倍。有诗为证：

> 张铎寻马一朝富，购置田财富一方。
> 修造皇城名远播，门庭若市耀金光。
> 遭人嫉妒呈公案，奉旨查巡枉纪章。
> 御派官员因驻此，坝名钦差传桥乡。

第十节　神奇石仓岩

　　石仓岩，位于綦江赶水镇马龙村。马龙村在赶水镇以北，东南与贵州省桐梓县坡渡镇坡渡村、桐园村接壤，西北与綦江区赶水镇集中村、适中村相邻，面积14.7平方千米，全村人口3467人。石仓岩海拔1480米，是该村也是该镇海拔最高处。森林覆盖率达90%以上，空气中负氧离子含量高，气候宜人，绿叶常青，四季分明。石仓岩的民间故事动人，文化底蕴与自然风光并存。这里水源充足，空气清新，春可踏青，夏可纳凉，秋可观景，冬可赏雪。

　　"马龙有座最高山，大石高耸入云端。当年石仓出大米，和尚吊死在岩边。"这首民谣，说的就是赶水镇马龙村的石仓岩。关于这块石头，还有一个久远的传说。

　　据传，石仓岩这个地方，有大大小小的寺院七八座，是方圆数百里有名的佛教圣地。在石仓岩的右上方有一些大小不等的寺庙，其中一座名为大窝寺的寺庙最有名气，一年四季，到寺里烧香拜佛的人络绎不绝。

　　寺庙的正前方，是万丈深渊，谷深崖陡，地名叫风吹湾，视野开阔。传说寺里供奉的菩萨特别灵验，有求必应。因此，这里香客不断，香火旺盛。

　　传说有一天，艳阳高照，晴空万里，来寺里烧香拜佛的人络绎不绝。按规定，每天石仓只能出20斗米，仅供200个人吃斋饭，可那天先后来了300多人，而且多数都是从很远的地方慕名而来，甚至有些人还是徒步数日后才到达的。

○ 保存完好的石仓岩

　　快要到中午吃饭时，寺里住持、和尚看着满寺院都是人，心里十分着急。就在这时，一个新来的法号叫小裴的小和尚，建议跟附近的乡邻们借点粮食。住持同意了小裴和尚的建议，并派他下山去完成这个借粮任务。

　　小和尚来到厨房，拿了米袋子就匆匆下山去了。此时，临近中午，火辣辣的太阳令小和尚放慢了脚步。小裴不禁想到，从下山到各家各户去借米，再扛上米袋子往回赶，要翻山越岭，这样的话不知要何时才能重返山顶的寺庙。他突然心生一计，上天不是赐给我们一个永远也放不完的粮仓吗，我也知道每天最多只能放20斗米，如果放多了，就犯了天条。师父也一直在告诫，就算是多一粒米，那也是万万不能的。小裴现在也顾不了那么多了，就想去石仓先放五斗米再说，兴许明天就没有那么多香客了，到时少放五斗米不就扯平了吗？想到这里，小和尚兴奋地加快了往回赶的脚步。此时的他，脚上好像长了弹簧似的，连蹦带跳，脚底生风，半炷香的时间，就来到了每天放米的石仓的仓斗。他边念咒语边打开漏斗的开关，接着，晶莹剔透的大米一下就装满了小和尚的米袋子。不到半个时辰的工夫，小和尚就完成了这个艰巨的任务。可不能这么早就回去呀，不然被住持知道了，那还了得？

　　小和尚静静地坐在粮仓旁，思考起今天这个事情来，他掏出随身携带的小本子，用自己才能读懂的符号记下了明天要做的事："切记，一定要少放五斗米，恳求明天就不要再来这么多香客了。"同时他也在心里一次又一次地告诫自己："这是唯一的一次，也是最后一次。"

　　确实，小和尚解决了当天300多人吃饭的燃眉之急，可事情远没有小和尚想的那么简单。

○ 石仓岩远眺

第二天清晨，寺庙里的钟声准时敲响，晨钟是在告诉大家，新的一天开始了。结果小和尚再去放粮的时候，无论怎么念咒语，就是一粒米都没有。大家这才知道，原来小和尚昨天并没有下山去借粮，而是放了仓里的粮。他那些师兄师弟好好地把他教训了一番。

小和尚原本打算今天少放五斗米，没想到粮仓简直太灵验，连一丁点怜悯或补救的机会都没有。三更半夜，日月无光，大窝寺灯火通明，大家都在讨论如何处置小和尚……可是小和尚并没有等到出结果，就自行到石仓岩仓板下一棵无名小树上结束了自己的性命。

后来，乡亲们看在他年幼无知的份上，就把他安葬在离粮仓10多米远的地方。当年埋葬小和尚的坟墓至今犹存。由于粮仓不再出米，仓门被自动封死后，以前的粮仓就变成了现在这块巨石，形状方正地屹立于此，人们都把它叫石仓岩。于是有诗颂曰：

马龙寺庙越千秋，临峰远眺景致收。

香客云集添人气，斋饭缺少倍感愁。

日放廿斗岂能连，坚守信条才长久。

粮仓出米惠信众，和尚葬墓逝世留。

第十一节　农山场的兴亡

在赶水与扶欢交界的地方，有一座巍峨雄奇的山叫农山场，因为在那山顶上曾经建有一个繁荣的乡村市场而得名。

很久很久以前，在这个山顶上建有一座山王庙。山王庙是赶水金山和扶欢民主两个村的村民共同捐资修建的，逢年过节，两个村的村民都会在庙前敲锣打鼓地举行热闹非凡的庙会。金山村的庙会在院坝的西面，民主村的庙会在院坝的东面，虽然各分东西，但敲锣打鼓、舞龙舞狮往往要比一比高下，各显神通，展示技艺。

每次举行庙会，两个村的孩子们都会聚集在这里疯玩，既可品尝供果，又可三五成群地追逐嬉戏。也有一些年轻人，将庙会当成了男女相亲会，因此成就了一段段幸福美满的姻缘。两个村虽属于不同地域管辖，但在每一次庙会交往中密切、融洽了关系，建立了良好的友谊。

有一年，天久旱无雨，地里的庄稼几乎绝收。两个村的村民杀了很多只公鸡、宰了很多只公羊以供奉神灵，祈求老天爷下雨，却不奏效。

有一天，金山村一个叫杨子的村民做了一个梦，梦中地藏菩萨告诉他，只要他在某日某时燃起一堆大火，天就会下雨，只是这火将烧毁山一边的森林。杨子被梦惊醒后，半信半疑，但他还是牢牢地记住了梦中的这件事。

地藏菩萨说的日子很快就到了，天空仍旧骄阳高照，还是没有一点下雨的征兆。午夜时分，杨子还是悄悄地来到了山王庙，他准备好了柴草，但迟迟不

○ 农山场古韵

敢点火，因为他害怕大火真的烧了那片森林。杨子愣了一会儿神，最后还是毅然点燃了庙前准备好的那些柴草。火越燃越大，但还是没有一点下雨的征兆。就在杨子失望地准备离去的时候，忽然从西边刮起风来，越来越大，把烧着的柴草向东边吹过去，顿时民主村的那片树木便噼里啪啦地烧了起来，烈焰腾空，火光冲天。说来也奇怪，就在民主村那边树木熊熊燃烧的时候，金山村这边却下起了瓢泼大雨。杨子在一阵恐惧和惊奇中偷偷地溜回了家，想到地藏菩萨所托之梦果然应验了，丝毫不差。

这场大火虽然引来了一场大暴雨，缓解了旱情，也救了金山村的那片森林，却让金山村与民主村从此结了怨仇。

民主村的人憎恨金山村的人，因为他们从山王庙前的灰烬中发现了些端倪，觉得这场火肯定是金山村的人干的，尤其是在大火烧毁民主村那片树林的时候，金山村居然没有一人来帮他们扑火。其实，哪里是金山村村民无情，除了杨子，他们压根就不知道这场大火，因为在火燃烧时，他们听到的是房顶、窗外那噼里啪啦的大暴雨声。

从那以后，虽然每年过年过节两村的人依然在山王庙举办庙会，但各办各的，没有互动和比赛了。除了小孩有时不听大人的话还在一起玩耍之外，大人们彼此之间已经不再搭话，姑娘小伙哪怕有心仪的对象，也只能埋在心底，不敢向对方表白。

过了三五年以后，两个村的人又开始了交往，而且关系更为密切，这又得从

○ 农山场老街一角

一个垦地种茶的故事说起。

　　金山村有个女孩，姓杨，名露，年方十八岁，聪明能干，清秀俊美，是杨子的小孙女。一日夜里，杨露做了一个梦，梦见了去世的爷爷，像活着时一样，很亲切。爷爷在梦中告诉了她那场火的经过，希望她帮他完成一个心愿，让金山、民主两个村的人重归于好，这样爷爷在九泉之下才能安心。爷爷梦中告诉了她具体的做法。

　　就在杨露爷爷托梦给她的那个晚上，民主村的一位小伙子李贵也做了一个梦。梦中他见到了一位披着蓑、戴着笠的老人从农山场一飞而过，接着裸露的土地上就出现了一排排绿油油的茶树，自己还和一个女孩在茶树林间追逐嬉戏……

　　第二天，天刚蒙蒙亮，李贵就独自爬上了农山场，站在山顶，听着金山村那边树林里悦耳的鸟鸣，望着金山村那边郁郁葱葱的松树。正在他望得出神的时候，金山村那边的树林里突然钻出来一个靓丽的姑娘，李贵一看吓了一跳，这不是昨夜梦中看见的那个女孩吗？正在李贵看得出神的时候，杨露已经来到了他的身前。两个年轻人把昨晚的梦相互进行了交流。忽然醒悟，这是神灵让他们在这被烧的山顶上种茶，于是两个年轻人开始商议起来。

　　那口过后，李贵每天都会上农山场开荒垦地，很快一片荒土被整理出来了，李贵撒下茶籽，挑来农家粪灰、粪水，精心照料茶苗。每天，杨露也会来与李贵一起干活。朝夕相处，日久生情，那爱情的火苗在两个年轻人心里悄悄地燃烧起来。

　　农历八月十五，两个村的乡民照常在山王庙举行庙会，两个村的人照常互不搭理。忽然，有人来告，说金山村与民主村有两个年轻人在庙会后边山林里约会，热闹的气氛一下子就凝固了。今天是祭神的日子，竟然有两人在此约会……李贵和杨露各自被两个村的长辈带到了殿中玉皇大帝塑像面前，决定由各自亲人施以鞭刑。两个村的人正准备施刑的时候，杨露说道："乡亲们，不是我们要这样做，是神让我们这样做的，只有这样，才能让金山、民主两个村重归于好。民主村的山是我爷爷烧的，神托梦给爷爷用牺牲一边拯救另一边的方法救这儿的树，爷爷点燃了火，没想到这时从西边刮来一股大风，这样就烧毁了民主村那边的森林。"杨露哭着给民主村的乡民磕了三个响头，还从裤兜里拿出了爷爷在世时割破手指写的大火经过。

　　接着她还说了她和李贵两人做的梦，告诉村民已经种好了茶苗，来年就能采摘茶叶，让两个村的人共享。

听了杨露的一番话，一直萦绕在两个村人们心里的疑云也终于有了答案。

第二天，农山场上出现热闹的情景，两个村的村民都带上锄头，铲除荒草，挖土种茶，半月下来，农山场上长出了一排排的新茶苗。

待到第二年农历八月十五，农山场上已是茶叶青青，两个村又再一次合办了大型的庙会。为了两个村的村民世代友好，增加两个村的往来，两个村的人决定每年八月十五，为拜神日。

后来，两个村的村民合力在这里修建了一个农贸市场，每七天赶一次场。这里经商店铺有 20 多家，人们所需的日常生活用品都能够买到，尤其是茶叶成了有名的地方特产，远销各地。

过了很多年，不知从哪儿跑来了一股土匪，霸占了整个农山场，从此这里便败落了。现在只有农山场这个地名仍在沿用，看不见曾经繁荣的市场，只有那些在荒草中残存的墙垣、石柱等，见证着岁月的沧桑，令人感叹不已。有诗为证：

农山巍笋绣屏围，庙后山王景翠薇。

应梦烧山生隔怨，含情相识动心扉。

村庄鱼水祥和静，一片茶山朗韵飞。

匪盗抢财汹劫店，场名仅有物难归。

第十二节　神秘太公山

　　太公山位于赶水镇南面，洋渡河、岔滩河从山麓蜿蜒流过。这里群峰争秀，绿荫似染，石多形奇，争相媲美，组成了一幅清丽的山水画。相传当年姜子牙奉师命下山斩将封神，完成了兴周伐纣的大业之后，云游四海，途经此地，故名太公山。

　　姜太公，姓姜，名尚，字子牙，因辅佐周朝功劳巨大，被朝廷封为首位公侯，民间尊称其为姜太公。姜太公的师父就是法力无边的元始天尊。姜太公灭商兴周本可封神，但元始天尊说他这个人，手持打神鞭走到哪儿打到哪儿，他斩将封神一路豪横走来，人神见他都心存敬畏，他这封神之人就不要列神仙之位了。所以说，封神的姜子牙，自己却不是神仙。说实话，神仙都是由人封的，在民间老百姓心中，姜子牙是位超级神仙。现在赶水的百姓仍有信奉"石敢当"的，有人如果遇到天灾人祸、大病缠身、诸事不顺等，就去给姜尚老君"石敢当"焚香叩头说："太公在此，请求护佑。"灵验之后，得到护佑的人就给他买一只斗笠或草帽戴上，又或在"石敢当"头上盖一块红布，以谢太公的神灵保佑。

　　太公山上有一块奇异的巨石，人们称它为太公石。这块石头有数百吨重，它与下面的石头背靠着背，中间只有近似一条直线的三个点支撑着，历经数千年仍很稳定。相传姜太公就坐在这块石头上钓鱼。有一次，他从河中钓到一条大鲤鱼，十分高兴，就迅速猛扬鱼竿，鱼却飞到河对岸去了。河对岸的福田有个叫鲤鱼坡的石头上，现在仍有像鲤鱼鳞片的遗迹，在阳光照耀下，活灵活现。在太公

○ 石敢当石刻

石的背面有个雷吼洞，相传只要天空中雷声一响，那洞中就有雷的吼声，甚为奇异。

据《神异经》载："八方之荒有石鼓，其径千里，撞之，其音即雷也。天以此为喜怒之威。"在《封神演义》中，说雷震子双翅代表风雷，雷震子是蓝面赤发且长着獠牙的鸟人，他的形象来源当是道教的雷部将班中的半鸟半人的雷神。据说当年姜太公在此钓鱼时，甚为寂寞，便用手中的神鞭一指，立刻招来雷神雷震子击鼓取乐，没想到隆隆的雷声引来了特大暴雨，山中滑坡坍塌出一巨洞，人们便叫它雷吼洞。后来修川黔铁路时就取道雷吼洞，并修建了雷吼洞隧道。奇怪的是，雷吼洞地段每逢大暴雨时就滑坡大塌方，人们说那也许是火车过时发出的轰鸣声所致，但又找不到什么科学依据，不过那里是川黔铁路线上的大

○ 太公山太公石

塌方地段确是事实。后来铁路局修建了 500 多米的明洞后，雷吼洞就再没有滑坡坍塌过了，确保了铁路交通的畅通无阻。于是有诗赞曰：

> 史来垂钓美姜翁，丝线柔钩幻彩虹。
> 碧水能生鸿鹄志，清流可化撼山功。
> 兴周伐纣成宏业，赶水漫游称太公。
> 未必年高无事为，封神亦敢傲苍穹。

第十三节　苗族蜡染的传说

蜡染，是苗家人的特色技艺。苗族，是没有文字的，通过蜡染等来记录历史，表达对自然的敬畏、对生活的热爱。

苗族，将衣服蜡染成花，不惯喧哗，任风来雕刻，任浪来拍打，只深深沉淀，形成一种非遗文化。收集阳光酿制的蜜蜡，绘出图案青花。浸染在明澈湛蓝下，烘烤生命的炽热，晾晒星辉月华。岁月，将蜡染技艺传承。

赶水苗族中流行有《蜡染歌》，这首古老的歌谣代代传唱，叙述着蜡染的起源故事。

相传有一个聪明美丽的苗族姑娘叫瓦艳，她并不满足于衣服的单一色彩，总希望能够在衣服、裙子上染出各式各样的花卉图案来，可是一件一件地手工绘制实在太麻烦，但她一时又想不出什么更好的办法来，因此终日心情不快。

有一天，瓦艳姑娘看见山中万紫千红的花海，心情愉悦，她走得有些累了，便躺在一簇花丛中小憩。蒙眬中有一个衣着漂亮的花仙子把她带到了一个特色鲜明的服饰花园中，园里有无数的奇花异草，鸟语花香、蝶舞蜂飞……瓦艳姑娘心花怒放，连蜜蜂爬满了她的衣裙也浑然不知。她醒来一看，才知道刚才进入了一个甜美的梦乡，可低头再看，花丛中的蜜蜂真的刚刚飞走，而且在她的衣裙上留下了斑斑点点的蜜汁和蜂蜡，很不好看。她只好把衣裙拿到存放着靛蓝的染桶中去，想重新把衣裙染一下，试图覆盖掉蜡迹。染完之后，她又拿到沸水中去漂清浮色。

○ 苗族蜡染

当瓦艳姑娘从沸水中取出衣裙的时候，奇迹出现了，深蓝色的衣裙上被蜂蜡沾过的地方出现了美丽的白花。姑娘心头一动，立即找来蜂蜡，加热熬化后用树枝在白布上画出了蜡花图案，然后放到靛蓝染液中去染色，最后用沸水溶掉蜂蜡，布面上就显出了各式各样的白花，就这样染出了印花布。瓦艳穿上了花衣花裙后，走到芦笙场上，小伙子们就像潮水一样涌上前来，吹的芦笙格外响亮，唱的歌声也婉转动听。人们听到了姑娘的歌声，纷纷来到她家听她讲百花园里的梦境、观看她染出的花裙、学习她描花绘图的技艺。从此，赶水远近十八寨的姑娘，都带着糯饭，拿着白布，跋山涉水来请瓦艳当花师。据说，瓦艳为了教授姑娘们画蜡、种蓝靛，无论哪个英俊的小伙向她求婚都被她拒绝了，活到八十多岁才离开人世。

从此，赶水苗族蜡染的技艺就一代一代传下来，经过变革和创新，形成了今天的独特苗族蜡染。于是有诗赞曰：

苗族蜡染整枝艳，衣裙金黄炫叶羞。

每逢冬寒百花谢，唯有梅傲树梢头。

○ 闻歌而舞的苗族石刻

第十四节 草蔸萝卜传奇

相传，赶水观音寺，初名叫水月庵，始建于明嘉靖五年（公元 1526 年），内设观音菩萨和送子娘娘，是川黔交界著名的佛教圣地。在清乾隆三十一年（公元 1766 年）八月，被火烧毁。乾隆三十五年（公元 1770 年）六月重建，庵内面积 300 多平方米，有三位尼姑在此修行，住持慧僧师太，弟子智文、智静。她们共同主持庵里大小法事和日常事务。

在庵堂对面梁子上，住着一户姓韩的农户，育有一女，还想要一个儿子。他们夫妻俩每天早上都到庵堂敬香，求菩萨保佑恩赐他们一个儿子。由于他们虔诚拜佛，终于如愿以偿，于清乾隆四十九年（公元 1784 年）七月九日，韩氏夫人生了一个大胖小子，取名为韩积德。韩老汉逢人便说，水月庵的菩萨非常灵验。从此，四面八方来拜菩萨的人便络绎不绝，香火非常旺盛。

第二年的春节，正月十五这天，亲朋好友都来韩老汉家过元宵节，他就到房前菜地里拔萝卜。只见一个萝卜大得出奇，怎么拔也拔不出来。于是，韩老汉就用锄头来挖，挖出来大家看了都感到惊奇，从来都没有见过这样大的萝卜，用秤一称，不多不少刚好 36 斤。大家都说，这是一个喜庆吉祥之物。韩老汉说，这又是菩萨的恩赐，我们不能吃。他就用背篼把萝卜背到庵堂放在草蔸上，开始烧香磕头。这时师太见到放在草蔸上的萝卜和草蔸大小一样、形状一样，欣喜地说："就叫它草蔸萝卜吧！阿弥陀佛，善哉！善哉！"从此以后，赶水草蔸萝卜

○ 幽静的观音寺

声名远播。师太就把它当贡品，供在神龛上。

　　巴渝一妇女，名叫陈秀姑，结婚 20 年了，已满 36 岁了还未生育一男半女。听说赶水水月庵菩萨很灵验，便于正月十六这天早上，带着香、蜡、纸钱上路，正月十八日下午夕阳西下时才走到了庵堂山脚下，又冷又饿又累，突然间，眼一发黑就晕倒了。这时化缘回来的智文见一妇女躺在那里，用手摸她的鼻子还有气儿，就赶紧把她背回了庵堂。师太出来见陈秀姑面色苍白，双眼紧闭，全身冰冷，就叫智文拿刀来把神龛上的草蔸萝卜砍一块儿下来，用刀把萝卜剁碎用萝卜汁喂她。智静又端来热水和火盆，帮她洗脚。秀姑渐渐醒了过来，可双眼却什么也看不见了，问这是什么地方，师太说这是你想要到的地方。秀姑说，谢谢你们的救命之恩。师太安慰她说就在这里好好休息，明天一切都会好起来的。师太又切一小块萝卜让她吃下。在智文、智静的精心照料下，第二天起来，秀姑的双眼已神奇地复明了，身体也好了大半。在师太的引导下，她到庵堂拜了菩萨。三天后秀姑身体完全康复，便要告别师太回家。秀姑走时，师太叫她把剩下的萝卜带到路上吃。三天后回到家里，秀姑把剩下的萝卜煮来和丈夫一起吃了，不久后秀姑就怀孕了。到第二年的春天，秀姑生了一对龙凤胎。儿子取名罗善忠，女儿芳名静茹。

时光荏苒，岁月如梭。二十年后，罗善忠进京考取了举人。他始终铭记着母亲从小就给他讲到赶水水月庵求子的艰辛历程和吃供果大萝卜的故事，在清嘉庆十二年（公元 1807 年）十一月，他到贵州遵义任职时路过赶水，特地到水月庵参拜，并到集市上买了三百六十斤赶水草蔸萝卜用马帮运往遵义。

民国初年，水月庵才更名为观音寺。据说，现在赶水草蔸萝卜节上获得"草蔸萝卜王"的种植户，也常带着大萝卜去观音寺参拜，想续写赶水草蔸萝卜新的传奇……于是有诗赞曰：

> 历史悠长传美誉，观音送子育男童。
> 草蔸萝卜成供品，水月庵中积善功。
> 命数欺人多困局，迷途过客梦不空。
> 情缘万绪千秋叹，后辈思恩运畅通。

第十五节　王婆腐乳独一味

相传，隋朝初年，綦溪牛心山有一农妇叫陈兰芳，夫家姓王，以卖豆腐为生。

陈兰芳勤劳聪敏、温柔端庄、朴素大方，做的豆腐远近闻名。隋开皇三年（公元583年）她带着全家来到赶水谢家街做豆腐卖，生意兴隆。这时她已六十多岁了，人称王婆豆腐。那年三月十七日早上，她挑着桶到井边打水，只听邻居魏老头大声叫："王婆，快来打蛇哟！"王婆一看魏老头，见他用扁担死死地压着一条青蛇。青蛇见王婆，不断向她点头，王婆知道青蛇在向她求救，于是对魏老头说："它是青龙泉的主人，就放了它吧，如果你把它打死了，青龙泉水就没有了。"魏老头听了，觉得王婆说得有理，就把它放走了。青蛇扬起头向王婆点了三下，忽然就不见了。

王婆把水挑回去磨了一锅豆花，没有吃完，她就把剩下的豆花压成干豆腐，用簸箕摊开放在桌子上。因一天的劳累，她很快就睡着了。王婆在梦中见一青衣女子自称水仙，说是来向王婆致谢的，感谢王婆的救命之恩。王婆叫她水仙姑娘，热情接待了她。水仙见放在桌上的豆腐就对王婆说："豆腐这样放着是会坏的，我来教你做豆腐乳吧。"王婆连声说好。于是水仙边讲边做，把豆腐切成小方块、发酵、拌料等过程教给王婆后，飘然而去。王婆醒来发现是一场梦。不过她按水仙所说方法把桌上放的豆腐如此这般地做了起来，七天后把装坛的豆腐搬到柴房里。半年后，王婆把柴房里的那一坛豆腐开坛取出腐乳，拌上佐料，请

○ 赶水豆腐乳

街坊邻里的人来品尝。大家都说又香又嫩，口感很好。从此，王婆腐乳，声名四播。

　　据说，有一天，唐太宗李世民带领护卫和近臣准备到郊外狩猎，正出宫门，魏徵上前阻拦说："眼下是仲春时节，万物萌生，禽兽哺幼，不宜狩猎，请陛下返回。"唐太宗不睬，魏徵坚决上前堵住去路。这时太宗怒不可遏，下马匆匆回到宫中，见到长孙皇后，犹咬牙切齿地说："一定要杀掉魏徵这个老顽固，以泄我心头之恨。"长孙皇后问明了缘由，也不说什么，只悄悄地回内室，穿戴上朝礼服，然后面容庄重地来到太宗面前，叩首即拜，口中直称"恭祝陛下"。太宗吃惊地问："皇后何事如此郑重，行此大礼？"皇后答："妾闻主明才有直臣，这是江山社稷之福、万民之福也。今魏徵直言，由此可见陛下之明，臣妾怎么不恭贺陛下呢？"太宗明白皇后所说甚是在理，气一下就消了，魏徵也就保住了自己的性命和地位。太宗过来扶起皇后，发现她面色苍白，太宗说："年轻时你跟随朕南征北战、东征西讨，吃了不少苦，得了一身病，你为了江山社稷煞费苦心，朕感激万分。"皇后说："这都是我为陛下做的一点应做的事。近日来我身体不适，胃口不开，经常吃不下饭。"太宗说："前几天巴蜀一府官送来一点土特产，皇后尝下？"太宗叫人拿来交给皇后，她在吃饭时打开王婆豆腐乳一尝，又香又鲜嫩，口感极好，一顿就多吃了一碗饭。几天后，胃口大开，神清气爽。

半月后的一天，唐太宗再来看望皇后时，发现皇后气色好了很多。皇后说，她吃了王婆腐乳，食欲大增。太宗十分高兴地说："让我来尝一尝这腐乳，看看是不是真有你说的那么好。"太宗不尝不知道，尝了惊一跳，龙颜大悦地说："美味，真乃餐中极品！"于是叫侍从笔墨侍候，题写诗《独一味》赞曰：

皇后食乳玉面倾，朕君尝此亦低头。

红艳飘香胃口开，白胎醇醇特色留。

王婆梦中学技艺，皇宫桌上数风流。

巴蜀物华独一味，功成名就可封侯。

从此，唐太宗李世民把王婆腐乳钦封为御香腐乳，作为宫廷菜之一。

赶水牌腐乳，就是王婆腐乳的传承，历经一千多年发展与弘扬，闻名全国。

第十六节　赶水萝卜爪的由来

明永乐十九年（公元 1421 年），明成祖朱棣令迁都北京。相传在迁都北京时，明成祖朱棣派监察史吴纳出巡四川、贵州考察。明永乐十九年三月，吴纳从北京出发，经陕西从秦岭到达重庆，五月到綦江东溪。他本应从赶水到贵州遵义，却走到了福林场，问一老农才得知走错了方向。

在老农的指引下，吴纳一行天黑才到赶水的张家湾竹林岗（现石房子钦差坝），就在一户姓王的农户家里住下。主人叫王大发，见吴纳一行举止端庄，说话和气，彬彬有礼，又是外乡人，就热情接待，煮腊肉、磨豆花，摆了一大桌，又请了小甲来作陪。由于长途跋涉，每个人都十分疲惫，虽有佳肴，但胃口不开。主人见状，立即去把土坛子里的萝卜丝抓一大碗来放在桌上说："各位客官，我晓得你们旅行辛苦，胃口不行。不过不要紧，吃了这道赶水的地方特色菜，包你们食欲来得快！"吴纳用筷子夹起来一看，五丝连在一起，就问："王老哥，这是什么菜？"王大发答："这是我们家乡用草蔸萝卜切成条晾干腌制的萝卜丝。"吴纳说："这哪是什么丝哟？你看像五根手爪子一样，叫萝卜爪更为贴切。"赶水萝卜爪因此得名。

吴纳很是高兴地拿起筷子，夹起萝卜爪放入口中，香脆甜辣，口味纯正，欣然说："我平生第一次吃到这样的开胃菜，用你们赶水话来说硬是巴适得很哟！"于是吴纳及其随从，纷纷争吃萝卜爪，吃得津津有味，尽兴尽欢。

酒足饭饱之后，吴纳的五个随从话便多起来，有一个姓袁的侍卫大声

○ 綦丰公司制作萝卜爪

说："王老哥，今晚感谢你的盛情款待！你知道我们是什么人吗？我们吴大人是当今皇上派出来到地方考察民风民情的钦差！"王大发一听，非常惊喜，赶忙打躬作揖说："各位大人，草民不知钦差大驾光临，招待不周的地方请多多包涵。你们能到我们王家做客，这是我们王氏家族的最大荣幸。"

第二天早上，王大发接待吴钦差的消息不胫而走，整个张家湾都轰动了，纷纷前来一睹吴钦差一行人的风采。吴钦差看到这些民风淳朴、民情厚挚的村民，颇为高兴，便口占一绝，诗曰：

皇命在身察民情，驻足赶水倍感欣。

品尝美味萝卜爪，百姓和睦是福音。

据此可知，赶水萝卜爪距今已有600多年的历史。

第十七节　谢家街逸事

记忆中的老街，像一支清远的笛子，在每个月光皎洁的夜晚，响起悠扬的乐曲。老街的容颜，笼罩着一层淡淡的惆怅，一如记忆里那个薄雾缭绕的清晨，挥挥手的别离。

赶水谢家街，原名水月街。赶水镇历史悠久。历史上，赶水镇是出川入黔通滇的要塞之地，是一条重要的官道，它同时承载着古道文化和巴蜀文化。西汉时期驿路通达。宋元时期为军事要地、战略重镇。明清以来是川黔盐马古道贸易的商品集散地。

为什么叫水月街呢？传说南宋乾道年间，理学家朱熹在游历川黔讲学之时，曾在这条街上的水月亭中与几个文友吟诗作对，其中吟诵南宋绍兴年间诗人马俌《水月亭》诗曰："阳来中坤坎波翻，月本于地仍东还。谁为聚之古祇柏，涵碧湛湛琉璃盘。珊瑚晶瑛澈凝湍，西风晚来觉亦宽。海荡冰碎天飞旋，瞿昙指心以探禅。"后来，有人发现在此亭中把盏赏月，可以看到四个月亮，一个在天上，一个在九曲溪中，一个在杯中，还有一个在诗人的心中。水月街名字便来源于此。

水月街，位于赶水上场双溪河与綦江河交汇的重要水道岸边，又有连接川黔的古驿道，故而古代商贾云集，成为繁忙兴盛的交通驿站。古驿道从北至南横穿街道，街道由青石板铺设，长约 500 米，宽约 3 米。街道两边有商铺、民居，由土砖或河卵石砌墙，瓦面，吊楼古朴。街上有戏台、茶馆、旅社、酒馆、粮仓、钱庄、杂货铺、当铺、生铁铺、饭店等,生意兴隆,繁华至极。那些过往的商人、行客、押犯人的官差,凡路过此地都要住上一宿,品一品街上的老鹰茶,天亮才继续赶路。当地俗语"老鹰茶水红艳艳,走南闯北笑开颜"便是对此的形象描绘。

据史书记载,水月街民众热情好客,民风淳朴。据传,清康乾时期,水月街上有一个名叫谢耀业的人家,育有八个女儿,个个出落得貌美如花、心灵手巧,出嫁给本条街上的不同姓氏的八个青年才俊,男的在外经营不同的营生,女的都在家经营茶馆。她们给客人奉茶时都穿着带有刺绣的长裳,在右腰间挂一张洁白的方帕,客人需添加茶水时,她们手提着长嘴锡水壶,迈着轻盈的步子,走到桌前说:"客官,水来了!"便娴熟地轻倾壶嘴把开水掺入揭开盖的茶碗中。离开时还脆声地说:"客官,喝好,需水时叫我!"同时,习惯性地轻甩一下那张方帕和那条长长的发辫,一股淡淡的芳香就四处散开,令人赏心悦目。渐渐地,人们便把水月街叫作谢家街了。

于是有"綦江赶水谢家街,十个姑娘九个乖"的美名,慕名前来喝茶的人越来越多。一时间,谢家街在川黔两省声誉鹊起。

如果有茶客想占掺水的漂亮老板娘的便宜而乱揽手、腰、臀的,老板娘则

○ 谢家街遗址

○ 谢家街一角

快步移到窗前大声喊："有耍横的，有耍横的！"其他茶馆的姐妹们闻声后，就提着装开水的长嘴锡壶急速赶来，围着那个耍横的茶客讨回公道，要求其赔礼道歉，否则十来个长嘴壶中的滚烫开水就要冲在那人的头上，烫他个皮开肉绽。这种架势，那耍横的茶客已被吓得胆战心惊、魂飞魄散，只好认错求得宽恕。这样一来，又有民谣传开："綦江赶水谢家街，十个堂客九个歪（凶悍）。"从此，凡来的茶客面对婀娜多姿、风情万种的老板娘只能静静地欣赏，正如北宋文学家周敦颐《爱莲说》中曰"可远观而不可亵玩焉"。

在旧社会，各行各业都在茶馆了解行情、洽谈生意、看货交易，行行都把茶馆当作结交聚会之重要场所，茶馆因而成为社会生活的一面镜子。正如老舍所说："茶馆是三教九流会面之处，可以容纳各色人等。一个大茶馆就是一个小社会。"

"世人若解茶之道，不羡仙人做茶人。"茶之道，烹其形，品其味，赏其美，悟于心。茶馆自是众生百态，唯有一杯清茶朗朗乾坤。岁月悠长，茶水如镜，照映多少悲欢人生。茗者八方皆好客，道处清风自然来。有多少人，在茶馆一杯茶水中闲度了几许光阴，又交付了几番心情。茶馆自有一片天地，而茶人喝的也未必仅仅是手中那杯茶，于他们而言更是一种生活。

○ 水月街写意

据说，清嘉庆年间，谢家街的一个富人名叫谢远铭，为其年方十八的女儿谢美娥以对联招亲，出对是："谢家街谢家女细眉细眼，拿花针绣花鞋。"三个月过去了，都没人对上。一日，东溪旺族罗氏家族中有一书生名叫罗振灿正好路过谢家街，听闻此事，便挥笔写出下联："大学堂大学生多情多义，提妙笔写妙文。"于是佳偶天成，结为秦晋之好，一时传为美谈。

随着川黔公路、川黔铁路的建成通车，曾经繁忙的古道沉寂了，因古道而兴的谢家街也就随之落寞甚至消失了。谢家街曾经有过浮沉荣辱，但更多的还是平实而耐久、狭窄而悠长，犹如历史的长河中，有风云变幻、跌宕起伏，也有细水长流、平淡绵长。

漫长的岁月记录着赶水的史脉与传衍，诉说着过往的昌盛与衰落，诠释着人文的深邃与悠远。于是有诗赞曰：

赶水綦河潮浪涌，街头水月总萦怀。

一条青石川黔路，两列商行谢家街。

对子招亲传美誉，酒肴灯火戏茶排。

繁华熙攘往来客，曼舞轻歌聚美钗。

第十八节　村民领了年终奖

　　每当岁末来临，机关、企事业单位的人们就能领到一份或多或少的年终奖。一份年终奖，承载着大家对明天美好生活的期许。

　　无独有偶，农民也能领到一份年终奖，这是农民以前想都不敢想的事。近年来的春节前夕，赶水镇石房村的村民们都领到了一份年终奖，金额从几百元到上千元不等。村民们无不兴奋地说，我们种地的农民也像机关干部、工人、教师一样领到了年终奖，真是感谢党的好政策。

　　村民们领到的年终奖，来自当地的草苑萝卜合作社。其实，石房村以前是一个有名的贫困村。草苑萝卜合作社成立以后，全村的每一个村民都是合作社的社

○ 石房村丰收亭

员，种植萝卜的好与坏，都将直接影响每一个社员的收入。2006年，石房村还是一个负债18万元的贫困村，2020年，石房村变成了一个拥有200多万元集体收入的小康村。

赶水镇种植的萝卜，因形似一种以稻草编织的手工艺品草蔸而得名"草蔸萝卜"，是重庆市久负盛名的特色农产品，被当地人誉为"人参萝卜"，种植历史悠久，已有千多年的历史。

然而在过去很长一段时间里，村民们却守着这个特色产业过着清苦的日子。村民们很有感慨地说，十多年前的草蔸萝卜只卖一角钱一斤，如果卖不出去就堆放在家里，有的用来喂猪或喂牛，有的放烂了成了垃圾，有的干脆就不去拔直接烂在地里做肥料，真是令人无助与伤心。

2006年12月，石房村成立了草蔸萝卜合作社。十多年过去了，这个小小的专业合作社，让2000多户村民走上了脱贫致富的大道。

冬季是草蔸萝卜收获的时节。石房村的草蔸萝卜，通过举办节会与采摘等

○ 草蔸萝卜雕塑

活动，吸引了重庆、綦江、桐梓等地区的许多市民上门购买，甚至带着老人、小孩到田地里去躬身拔萝卜，以体验收获的喜悦。特别是春节前后，很多人特意驱车到石房村草蔸萝卜合作社购买。有的人特意购买礼品装的萝卜，当作年货送亲戚、朋友。有的开电商，在网络上卖，收益也可观。村民们说，有了合作社这个大家庭，大家合伙种萝卜、卖萝卜，品牌效应好，经济效益高。

据了解，从 2007 年到 2022 年，綦江的萝卜产业突飞猛进，全区有 5 个镇 16 个村在种植草蔸萝卜，种植面积已发展到 6 万多亩。在綦江区农委指导下，合作社采用统一农资种子供应、统一培训标准化种植，保证了萝卜的品质，还给萝卜注册了商标，打造出驰名品牌，统一宣传营销，草蔸萝卜的价格翻了几番。萝卜的亩产值已从 2000 元提升至 6000 元以上。石房村作为主要的草蔸萝卜种植基地，有 2000 多户农户在原先 8000 余元年收入基础上，户均再增收 1.2 万元。当年卖不出去的萝卜，借着合作社的力量远销重庆市各个区县，鲜萝卜最高卖到 5 元一斤，萝卜礼盒售价为每盒 50 元，还供不应求。合作社每年拿出纯利润的 30%，按农户提供萝卜的数量进行分红，也就是年终奖。这样，既增加了农户的收入，又极大地提高了农户种植草蔸萝卜的积极性，从而保证了合作社经销的草蔸萝卜的品质。

我曾读过一篇《年终奖赋》："年终奖者，奖贤彰能，慰劳勤民也。若丰，上可慰心，下可富家。则劳者慰，来年精神必振奋。若寡无，则劳者必黯然神伤心衰力竭，来年无可奉献。"这是对年终奖内涵与意义的诠释。我诚挚地盼望，让全国更多的农民也如石房村的村民一样，每年都能领到属于自己的那份年终奖，从而感悟新时代的自豪、幸福与吉祥。于是有诗赞曰：

> 农民自古福酬少，总想年终有奖时。
> 专业萝卜合作社，经营产业可吟诗。
> 七分勤劳收成好，一曲丰歌梦里思。
> 发展规模同致富，乡村振兴百姓僖。

第十九节　草蔸萝卜进中南海

"头戴翡翠冠，外披彩霞衣。身如洁白玉，根似人参须。"这首诗就是对赶水草蔸萝卜的盛赞。赶水草蔸萝卜已有一千多年的种植历史，在清代就是地方官员进奉给朝廷的贡品。

谁是赶水草蔸萝卜卖进北京中南海的推手呢？那就是具有远见卓识的赶水镇党委、政府一班人。

石房村的村民们，一直在采用传统方式种植草蔸萝卜，但是种多了既吃不完又卖不出去。据统计，石房村每年至少有3000多吨萝卜卖不出去。老百姓种的萝卜越是丰产，他们心里就越是忧愁。

1998年，曾从军28年、从政15年的石房村人王金安退休回乡了，他了解到草蔸萝卜销售的事情让乡亲们伤透了脑筋，于是决定留在家乡，多方筹资50多万元，在赶水镇玉荷村客垫湾创办了綦江赶水红星农业科技发展中心，厂房800多平方米，于2000年11月18日投产，主要经营加工赶水草蔸萝卜爪、赶水豆腐乳等地方特产。把草蔸萝卜加工成萝卜干，有效消化了乡亲们卖不出去的萝卜。他的加工厂，年可加工草蔸萝卜100多万吨，当时村民小规模种植的萝卜，让他的加工厂货源严重不足。

赶水草蔸萝卜，仅靠一个加工厂，是带动不了村民增收致富的。于是赶水镇党委、政府，在萝卜产业发展中推行标准化、规模化种植，提出每亩种植数由原来的1000多窝增加到4000窝。用肥、施药，都要做到绿色无公害。所有种植萝卜的田地，不再种植其他作物，保持土壤肥力。

关于草菀萝卜的对外销售，成立了无公害蔬菜专业合作社，与农户签订保护价协议，以每斤二角的价格收购——收购价格一下子比原来翻了一倍。第一年，萝卜的种植面积就达到了 400 亩，老百姓也不担心所种的萝卜卖不出去了。

2009 年，赶水草菀萝卜注册了商标，并取得绿色蔬菜和无公害认证。接着，又连续举办了三届"赶水草菀萝卜节"采购会。这样，赶水草菀萝卜走上了品牌营销之路，逐步打开了重庆、贵州的市场。鲜萝卜每斤售价从二角到五角，再到一元、一元五角，行情越来越好，经济收益也越来越多，种植农户们心里乐开了花。

现在，赶水草菀萝卜搭建起农超、农校、农企等销售网络平台，与重百、永辉、新世纪等 160 多家超市，与重庆大学、富士康等校企食堂建立起了稳定的销售渠道。

石房村集中示范种植的 500 亩草菀萝卜，分成三个品系，在不同时间上

○ 草菀萝卜种植基地

市，将销售期从三个月延长到七个月。同时给萝卜定级，细分为礼品萝卜、鲜销萝卜和加工萝卜，有的品种价格一下子涨到了五元一斤，或八元一斤。每年合作社利润高达100多万元。

赶水草菀萝卜，开始声名远播。2009年底，国务院机关事务局相中赶水草菀萝卜，订购了第一批2000余斤草菀萝卜运往中南海。从2009年起，赶水草菀萝卜多次卖到了北京中南海。现在，这些身价倍增的萝卜每年都要销往北京，成为许多人餐桌上的一道美味，颇受欢迎。随着电商的发展，全国各地的人都可通过专业合作社平台网购。于是有《赶水萝卜咏》赞曰：

草菀萝卜种石房，产业发展放异彩。

优质规模显效应，宣传营销塑品牌。

昔日皇家呈贡品，如今百姓满厨台。

味甘质嫩人人喜，特色饮誉中南海。

第二十节　长寿泉的故事

长寿泉，位于贵州大娄山余脉、九盘山麓的赶水镇岔滩村赵通坝。山上绿树成荫，郁郁苍苍，孕育了水的清洌甘甜，四季长流……

九盘山俗称九盘子，有九个山峰如聚，形成一道天然屏障。地势险要，有俗语云："赶水有座九盘山，天险关口护四川。行人走过要脱帽，兵马到此须卸鞍。"九盘山的险峻由此可见。数千年来，古老的九盘山经过历史风雨的不断滋润和一代代赶水民众的精心呵护，从一座自然之山变成宝藏之山、文化之山、生态之山、长寿之山，滋养着人们的梦想，牵引着人们的追求，定格着人们的夙愿。九盘山上蔓生着奇花异果，遍长着古木苍树，萦绕着春云夏岚，飘荡着古风朴雨，蕴含着逸史趣事……

话说南宋光宗绍熙元年（公元 1190 年）的一个冬天，宋光宗赵惇继位之初，革故鼎新，减轻赋税，派赵氏皇族赵通到重庆赶水推行新政，惠泽民众。赵通带领官员一行到九盘子山下的赵家坝了解民情，看到山脚下住着一对夫妻，男的叫赵世民，已五十开外，妻子赵李氏四十有余，膝下无儿无女，生活十分艰难。赵通见是本家之人，便决定免除他家每年的劳役税赋，直至他们百年归寿。同时赵通也按新政减轻了当地百姓赋税的百分之五十，人们欢呼雀跃。为感皇恩浩荡，当地民众便把原赵家坝改名为赵通坝，沿用至今。

赵世民夫妇心地善良，当别人有困难之时，就竭尽所能周济，所以远近乡人对他们都十分钦敬。有一年，赵世民患了重病，茶饭不思，日渐消瘦，痛苦不堪，其妻赵李氏请了十多个郎中为其医治仍不见效，便整日以泪洗面，伤心不已。

一个风雪交加的深夜，赵李氏正守护在生命垂危的丈夫床前，突然听见几声敲门声，她开门一看，见是一位银发白须且瘦小的老人站在门外。老人说自己是和孙子逃难，不幸走散了，现在又冷又饿，烦请主人能给一碗热水喝。赵李氏热情地将老人迎进家中，给病重的丈夫喂药之后就去为老人做点吃的。家中最好吃的就只有一小块儿腊肉，是她准备给丈夫补身体用的，但是她看到饥寒交迫的老人，就把家中仅有的一点儿腊肉切成细粒给老人煮了一碗热气腾腾的肉汤面，老人吃得津津有味……

第二天早上临走时，那老人悄悄地告诉赵李氏，离这五里地的山崖下有一口神秘的山泉井，水能治病，可让人起死回生，健康长寿。赵李氏闻言，欣喜异常，宁可信其有不可信其无，便拿着一个小土坛寻山路向那口山泉井走去。本来五里远的路，她用了半天才走了一个来回。她小心地把泉水分六次喂给了丈夫，奇迹真的出现了。两天后，她丈夫的病不治而愈，精气神又如从前，下地能耕种，上山能劈柴。当人们问起赵李氏原因时，她便把前因后果如此这般地说了一遍。原来那银发白须老人不是凡夫俗子，而是土地菩萨现身，感念他们长期以来的积善行德之举，引导她用那口山泉井水来治病。那山泉井水能治病的消息不胫而走，于是每天都有方圆百里的人络绎不绝前来取水治病或助益健康。后来，赵世民夫妻俩每天挑这个山泉井水来煮饭、饮用，赵李氏竟然在49岁那年喜得一子，取名赵继民，全家其乐融融。这正是验了民谣所说："七七四十九，生个赶路狗。"

据传，赵世民一家因常用那山泉井水，赵世民活了112岁，他的妻子赵李氏活了110岁，他们的儿子也活了108岁。凡常饮用那山泉井水的人，大都能去病消灾，健康长寿。关于山泉井水的故事在赶水世代相传，乡民便给那口山泉水定名为长寿泉。

时光流逝，现在人们追求健康的生活，赶水镇充分利用山泉水资源，在赵通坝川黔公路边新建了一个长寿泉取水景观点，立有挑水雕像，刻有长寿泉简介，撰有《寿泉吟》曰：

> 大娄逶迤，三河泽川。
> 菁华荟萃，物产绵延。
> 丹崖翠屏，流瀑飞泉。

○ 长寿泉景观

寻胜岔滩，长寿翩跹。

掬水弄影，瑶池承天。

琼浆细啜，遍身清欢。

玉屑盈口，冰花凝寒。

冯虚御风，缥缈仙坛。

共逢膏露，童叟欣然。

馨香祷祝，康乐南山。

千秋万代，社稷昆峦。

2023 年的春天，我们三五个诗友相约参观了历经 830 多年的长寿泉，每人用矿泉水瓶接了一瓶慢饮，确实水质清冽，甘甜可口，令人心旷神怡。附近的村民告诉我们，每天都有贵州桐梓、綦江、重庆的人专门开车来这里用塑料桶接长寿泉水回家中煮饭菜或直接饮用，特别是每逢夏天，不管是白天还是晚上，都有人在长寿泉排队接水。水是用四分大的胶水管从井中接出，从不断流。令人们感到神奇的是，如果井外没人接水时，水也不会从井口向外溢出来。如今的长寿泉，续写着为民健康新的传奇。来到长寿泉的诗友，诗兴盎然，一边饮用泉水一边作诗：

九盘山下岔滩村，松绿云红掩素门。

莫羡茶烹千道雪，应知水益万民身。

摩天崖畔风声爽，长寿泉前故事新。

待客何须斟玉液，清甜一饮醉乾坤。

第五章 史迹名胜

【导读语】

谱一曲相聚之歌，献给沧桑的赶水；写一首古老的诗词，作为相约的礼物。灵动的文字，奏响了史迹名胜的留恋与欢喜。每次相逢，都是心灵的洗礼，乘着风的气息，翻越高山，穿过河流，与自然结合。惩恶扬善东岳庙、曾经逐梦赶水的敢漂敢流、向快乐出发到响马河漂流、带着诗情到洋渡河寻美、游早岩头欣赏八景、畅想藻渡湖的壮美等，把深深的记忆，印在青山碧水之间。在深入时光的黯淡中做深刻探索，激情如燎原的烈火，在每一个景点热情奔放。坚硬古朴的墙砖，鬼斧神工的壁岸，演绎春夏秋冬的风采，年复一年……

第一节　惩恶扬善东岳庙

走进桥乡赶水，东岳庙是个一定要去的地方。不是那庙算一个多大的景点，而是那儿有许多让人流连忘返、不能忘记的乡愁。

东岳庙，又叫东岳府，始建于南北朝时期北周建德四年（公元 575 年）七月，位于赶水镇新炉村地界。坐北朝南，四合结构，占地面积有 1400 多平方米，距今有 1440 多年了。这是赶水修建最早的庙，源远流长的历史，让人发思古之幽情。看着参天的黄葛树，踏着曲径通幽的石阶，我感觉那是一种庄严、肃穆。

东岳庙现存有正殿、前殿、厢房，虽经岁月的洗礼，但仍保存较好。正殿为木结构歇山式屋顶，抬梁式梁架，8 架椽屋 4 椽栿，前后乳栿，牵用 4 柱，面阔 3 间，11 垂带式踏道 9 级；正在修葺中的前殿为明间垂檐歇山式屋顶，穿斗式梁架，穿用 5 柱，通面阔 5 间 32 米，进深 6 间 11.4 米，通高 15 米；厢房面阔 3 间 14.3 米，进深 2 间 6 米。

东岳庙正殿两侧有石刻碑记两块，上刻"乾隆五十四年维修"。正殿及左右厢房基本完好，前殿损坏严重，穿枋有木雕图案。

南岳殿为典型的斗拱式屋顶。正殿有一副对联，右联曰：阳世奸雄违天害理皆由己；左联曰：阴司报应古往今来放过谁；横批曰：警世劝居。这副对联昭示了一个人活着时要是违心地做了伤天害理的事儿，死后是要被惩罚的，从而教化人们"勿以恶小而为之，勿以善小而不为"。

○ 东岳庙外景

据《东岳府志》载，庙内供奉有酆都北阴大帝等十五尊神圣，共设有十个殿，每个殿又设有十六处小岳。神圣十分灵验，香火旺盛，声誉远播川、黔、滇三省。

南北朝时期北周建德四年（公元575年）六月，勿迷道人在云游成都青城山的途中，路遇淡凝曾师父，勿迷便跪问："师从何而来？"淡凝曾说："从轮回生死之地鬼国丰都而来。阳间犯罪皇恩大赦可免、可减，且有隐恶掩饰推卸逃脱者，今昔颇多，吾受玉皇大帝恩准，已在丰都修建鬼国惩治阴间犯罪。阴司对阳间逃脱犯罪者，一个都不能漏网，并无赦。要在东西南北各地建岳府，惩恶扬善，汝即去东选址建造殿府。"说毕，驾云而升，飘然远去。

据传，南北朝时期北周武成元年（公元559年）三月，把守南天门的云团老祖奏玉帝，凡人吕释师徒要在播州大楼山脉脉系的川蜀赶水三江交汇处串珠山修墓葬祖。玉帝即令风雷神将一大铜钟覆盖宝地，并定此地为建东岳府之地，世人均称东岳府。

东岳府内设有北阴酆都大帝等十个王，判官、差使，对罪犯火烧、磨推、碓捣、钳舍、挖眼、剥皮、挑脚筋等刑具，展现阴曹地府的阴森恐怖，惊险刺激，让人望而生畏。

《东岳府志》载，府建成后由悚然道长经管。隋开皇十八年（公元598年），悚然去世，范真志道长接管。从隋开皇十八年到清康熙二十四年（公元1685年）之间的1087年中，经管东岳府的有释修善、季亮、徐炳、杨彩招等42位道长。

东岳府不断扩建整修，自康熙二十四年到嘉庆十四年（公元1809年）的124年间，香火旺盛，达到鼎盛，信众上香人数，每日达300多人。六月香会期间来自川、黔、滇的信众上香人数每日达3000多人。

相传，赶水有一张姓大户人家，因家道逐渐衰落，便请了觉远、慧心师徒二人来想办法挽救。师徒二人到张家祖坟之地仔细观看后，告知说："张大老爷家原来发达兴旺，是因为祖坟地圆宝穴之上，坟向风水极佳，但不知谁人在坟向的第五个山峰上挖断了龙脉，祖坟在此处反而不祥。"张老爷一听着急了，忙询问解决之法，师徒二人告知唯有迁祖坟，张老爷于是出巨资恳请师徒二人为其迁坟

○ 东岳庙正殿

选址。

于是，师徒二人从贵州遵义开始看地，师父前，徒弟后，师父以放钱来决定地址，徒弟以放针来决定地址。说来也巧，在选址走到东岳庙附近时，师徒二人同时扔出钱和针，钱滚到了现在东岳庙的正中间，而徒弟的针却正好插在铜钱的钱眼里，不偏不倚。师徒二人相视会心一笑，便回去告知张老爷祖坟新址已选好。

师徒二人带着张老爷来看时，却见地上凭空多了一鼎黄铜大钟，张老爷叫家丁来刚把大钟移走，大钟却又自己飞过来，如此反复几次，总是移不走。忽然一位白发、白眉、白须的道人飘然而至，对大家说："这是玉帝为教化苍生而钦选的风水宝地，已用大钟先占此地，欲建东岳府，尔等凡人怎能冒犯玉帝？"师徒二人及张老爷听后，连说不敢，只得另选地方。

好地方为什么总是菩萨占呢？我曾无数次向德高望重的风水先生们提出过这个问题，他们的回答或繁或简，或推或演，最终答案都会指向同一个结论：有德者居之。

果然如此，东岳庙所供奉的大帝等，都是品德高尚、公正严明、赏罚分明之神……于是有诗赞曰：

琉瓦红墙笼翠微，堂皇富丽挑檐飞。

千年历史传香郁，三丈蟠龙影庙闹。

正顺尊王正殿立，星君宿帝侧堂威。

欲知岳府阴阳事，善厚功高有妙归。

为了弘扬东岳庙的道教文化，2022年有700多人捐善款，新修并硬化了从渝黔铁路到东岳庙的公路，并立有功德碑记之曰：

天运朗乾，溯流而望古今。沧桑替易，凡五千载何逢世希，玄玄吾教，泱泱大道，仰瞻圣训必修身正，伏滋光耀，幸甚哉祖国万岁。

吾东岳之庙，位震方而利中国。有唐而来至哉千年，山峦威赫兮，仙风化而育生灵，阴阳机数劫历人天之故。梓陌阡芜，几至马寨车阻，更况人行囿困。

时国运昌隆，万姓美服安居。又适政通贤廉，乃得天风混合苏生兆吉。五湖之咸宁，四海有归一。际有发心，千家共资，同修善筹福泽，荫佑古来无穷。寂历寒暑又并艰辛无数，路成二百又三十五米。寸尺寸功大德无量，此非一人可表，实天时地利人和也。道途乃而使通，以当功利千秋。所谓饮水思源，刻曰铭文为记。

参缘善信凡七百余，概诸省皆有之。承戒兄本观主持全真龙门丹台碧洞宗二十一代上至下金肖道长所托，浅薄愚力所文，竭报之诚。

丁酉坛清妙子香沐以序，于辛丑年九皇朔旦之期。

第二节　游观音寺感念宁静祥和

　　我不是真正渴望旅行，也不是真正渴望看山、看水、看风景、看寺庙，只是这灵魂被工作、城市束缚、捆绑太久，需要找回真正的自己。

　　进入赶水，远远地就能望见观音寺，又名紫云山观音寺。满怀着虔诚、期待，信步走入寺内，看见一块清道光二十三年（公元 1843 年）所立的石碑，记载着这寺始建于明成化二年（公元 1466 年），距今已有 550 多年的历史了。

　　据赶水韩家沟韩氏族谱记载，有一天韩家沟韩氏兄弟登芳、翠芳二人上街赶场回家，途经一棵高大繁茂的黄葛树，便停下歇息，他们倚树而坐，由于树荫凉爽，不知不觉就睡着了。梦中只见观音、文殊、普贤菩萨驾紫色祥云，带着韩登芳之祖韩明宗（佛门得道弟子）来到此地。韩明宗吩咐韩登芳说："还不快快跪拜迎接菩萨。此地是佛门圣地，是菩萨住的福地，你兄弟二人要千方百计筹资在此地修建观音寺，并塑造观音等菩萨像，用香火长年拜祭，以保家庭及一方平安祥和。"说完，驾紫云而去。

　　登芳兄弟二人同时醒来，述说梦中情景，历历在目。因此，在韩登芳的带领下，人们集资修建了这座观音寺，取名紫云山观音寺。寺中僧侣，靠捐地供养，当时是半寺半祠。

　　据说，在挖观音寺正殿地基时，挖到一尊一米多高的瓷观音佛像。当时赶水正值大旱，数月不雨，赶水老百姓便在此设台求雨，结果十分灵验，祷之即雨，缓解干旱，百姓争相传颂。从此，每当赶水地区出现干旱或淫雨等极端天

○ 宁静祥和的观音寺

气，人们都会到寺里拜求观音菩萨保佑，无不应验。一时间前去拜观音的人络绎不绝，香火大盛，久盛不衰。

清康熙三十六年（公元 1697 年），观音寺扩建。乾隆五十四年（公元 1789 年），新修上殿，现仍存有大量的佛像、基石、石碑、台阶梯步及近代时期修建的殿堂房屋。

寺前方有一棵古朴参天的黄葛树，据说是当年建寺时栽的，已有 500 多年的树龄，长久与寺中禅音相伴，在不同季节转换中，营造出一幅幅别致的景观。这棵笑看五百多年岁月的黄葛树：春来绿意盎然，嫩芽枝黄遍身轻；夏来风清四散，行人如织好乘凉；秋来葛叶苍翠，一径繁茂无孤寂；冬日葛泡散落，古树傲雪发新芽。难怪有一位诗人这样写道："古道阡陌，寻常携人去，解读赶水沉浮语，深巷人家，黄葛参天。风雨处，魂系三江残墟。可曾忆，千年梦相聚？抚一曲，把三江细叙。"

20 世纪 60 年代中期，观音寺内设施曾一度被毁。改革开放后，一些居士又集资修复成了合法宗教场所。后来，释常济法师集资修建了到寺公路，释演法师集资修建了原厨房、食堂和弥勒殿，释觉智法师集资修建了大雄宝殿。2010年，释觉智大师出任观音寺住持，引导信众弘扬佛法。

2011 年，修筑万犁公路时新修赶水大桥，要占观音寺上半部分，寺便往下移至场镇居民区之间的斜坡地上，重新规划设计修建。新建的观音寺，占

○ 家乡的小庙

地 4335 平方米。寺中有山门殿、观音殿、大雄宝殿、钟鼓楼、藏经楼、药师殿、财神殿等，还有斋堂、客堂、管理房、公厕等配套设施。大雄宝殿内供有释迦牟尼、观音、文殊、普贤、十八罗汉、财神等菩萨。每月的初一、十五，以及每年的二月十九、六月十九、九月十九都有隆重的法事活动，前来的香客摩肩接踵。

五百多年的历史，沉淀于此，让人久久萦怀。袅袅的香火，涌动的人潮，凝神闭目的祷告，木鱼敲击的声音，是宁静中的超然，超然中的坚守，让许许多多虔诚的人们，把平安、吉祥与幸福寄托在这里……

第三节　曾经逐梦赶水的敢漂敢流

　　乘着一叶黄色的橡皮小舟，漂过一条蜿蜒曲折的小河，小舟上人们的心随舟自由飞翔。在碧波荡漾中前进，在两岸青山里游走。用一把木质的船桨，尽力划向远方。这是许多男女老少参加漂流的真实体验和感悟。

○ 赶水漂流

20世纪90年代，在重庆流行一句非常有创意的广告语："西南第一漂——赶水漂流，敢漂敢流。"从那时起，到赶水漂流，就成为人们追求时尚、刺激、挑战的理想活动。

每年五一节后至国庆节前，是人们到赶水漂流的最好时节。赶水漂流，起于藻渡河铜鼓滩，止于赶水镇桥城宾馆，全长大约15公里。由赶水镇出发到漂流起点，需要20分钟车程。车子由国道进入乡间公路，在崇山峻岭之间穿行。窗外草木郁郁葱葱，让人不由感叹这一幅美丽的青山绿水图画，一种山里独有的清新沁人心脾，令人赏心悦目。

在漂流中，你可以看到各种不同的景色。时而高山峡谷，壁立千仞；时而林深草密，鸟语花香；时而阡陌纵横，炊烟袅绕；时而水平山阔，云淡天高……一步一景，移步换景，目不暇接，舟在水中行，人在画中游。

河滩上，水流湍急，浪花飞溅，这是动景；深潭处，碧水悠悠，倒影如画，这是静景。两岸地势险峻，花草繁茂，河床中怪石嶙峋，拟人状物，莫不逼真，或远或近，或明或暗，无不令人拍手称奇。

藻渡河，发源于贵州，随着地形的不同，时而像脱缰的野马，奔腾咆哮；时而如静谧的少女偎在大山的怀抱，柔波四溢，文静娴淑。岸边还有汉代僚人崖墓群等古迹，河面掩映在翠绿的山谷之中，碧波荡漾，清澈见底，鱼虾嬉戏，一览无遗，美不胜收。

藻渡河，素有小三峡之美誉。这条河有巴僚峡、铜鼓峡、白虎峡三个峡口和七个激流险滩，两岸沿途风光优美，植被丰茂，河水清澈，百鸟争鸣。有时，从远处山坡上飘来一曲乡间野味十足的山歌，粗犷豪放，别有一番情趣。凡来漂者，既能体验平湖荡舟的闲情逸致，也可感受湍流险滩的惊险刺激，因此被誉为西南第一漂。

藻渡河，也是一条具有人文景观的河。据传，河两岸曾是古代巴蜀僚人穴居之地。僚人越岭狩猎，涉江捕鱼，漂流楫水，走花船，放河灯等，留下许多美丽的传说。

据载，南宋绍兴十七年（公元1147年），文人墨客相邀来此河上"泛舟同游"观赏美景，刻有"百字石"，文情并茂，现为市级文物保护单位。这摩崖石刻，虽历经八百多年的风雨剥蚀，仍字迹犹新，令人览物怀古，流连忘返。

如果你漂流在藻渡河上，如同一幅被卷起的、不为世人所知的山水长轴，便

○ 藻渡河泳池天成石刻

向你徐徐展开。你可以放逐心灵在原始的山野丛林溪谷间净化陶冶，体验划行急流险滩的激情澎湃，欣赏两岸风光尽收眼底的诗情画意，恍若进入了一个桃花源中的人间仙境。不过"人有悲欢离合，月有阴晴圆缺，此事古难全"，很遗憾，赶水镇将藻渡河之水定为全镇的饮用水源，于2004年停止了西南第一漂。

"敢漂敢流"，是一种挑战和勇气，更凝聚着百折不挠的坚韧。其实，人生就好比一场漂流，每个人的橡皮舟在不可阻挡的时间之河中快速前进，有曲折、有激流、有险滩，但要达终点，必然奋然而行。于是有诗赞曰：

青山夹岸霁景呈，水流缓急林荫清。

一漂两省忘形叫，犹看双鱼照影行。

冲浪载云飞舞势，寻闲观鹤踏歌声。

滔滔难测何时尽，闻胜追游自不惊。

第四节　向快乐出发到响马河漂流

　　"峰峦浓淡傍天横，响马漂流入画行。云际藤垂无傲态，崖头石悬有精灵。山清水秀烟霞灿，船速心愉草岸明。饱览沿途好风景，放飞心灵倍爽神。"这是许多人到响马河漂流后诗情画意般的抒发。

　　响马河漂流，是重庆市领航户外运动公司于2011年在响马河峡谷投资开发的旅游项目。

　　这里既是渝黔分界处，又是西汉以来至清末民初川东南和贵州商贾货物来往的咽喉要道，为商贾物流必经之地。其险要的地形和浓密的植被，成了"响马"抢劫过路客商的隐秘之地，尤其是改朝换代之际官军无暇他顾之时，"响马"在这里更是肆无忌惮，为所欲为。他们把高峡深谷中河流右岸一条满布大小溶洞的山谷作为栖身、藏宝之地，域外人很难找到。

　　"响马"旧时称在路上抢劫旅客的强盗，他们在出场抢劫的时候，会先放一种声音很大的响箭，然后一起杀出，致使路过被抢的人一时间惊慌失措，他们便乘机抢劫。不过也有一种说法，马匪在出去劫掠的时候，马脖子上要挂满铃铛，达到一种震慑的作用。当客商行旅听到响声，第一反应就是"响马"来了，于是望风而逃，然后马匪就兵不血刃地拿下物资。其实，历史上许多响马队伍不是强盗土匪，而是农民起义军，因此也有人把"响马"作为英雄好汉的代名词。

　　因为时常发生盗匪抢劫案件，又加上明末农民起义军张献忠入川在这里与官

○ 响马河漂流石刻

兵开展过激战，于是人们便把原名松坎河的这段水道，叫作"响马河"。

响马河漂流，属贵州松坎河水系，发源于黔北崇山峻岭之中，在响马河漂流起漂处的两河口流入现綦江赶水镇地界，在赶水与藻渡河、羊渡河三河同汇于綦江河。

最先见到的响马河，晶莹，豁亮，娴静，婀娜。两岸苍松翠柏，杂花修竹，渲染着撩人的墨绿。一棵、两棵，一群、两群，同逶迤的、穿山而过的河一起，走入远远的青黛，融进悠悠的苍茫。

响马河，没有看惯了的那种人工河的忸怩作态，捉襟见肘；也没有劈面而来的那种天然河的大大咧咧，桀骜不驯。或宽或窄的水道，如小巧的绸缎铺展，如镜般碧透，倒映着两岸的花草树竹，袅娜多姿，仪态万方。任谁，初临其境，初

○ 赶水响马河漂流

睹芳容，都会惊叹连连，是清水出芙蓉般的自然美。

响马河峡谷，属典型的喀斯特地貌，垂直深度达 500 多米，峡谷两岸峭壁耸立，如刀砍斧劈。近百个大小深浅的溶洞，错落分布于两岸峭壁之间，峡谷内数以万计的钟乳石临空而吊，石笋傍水而立，石菇依壁而生，形态各异，千奇百怪，令人感叹大自然的鬼斧神工。掉落在河中的巨大钟乳和石菇如盆景石山，景致美不胜收，构成了一条长近 6 公里的钟乳长廊奇观，令人叹为观止。

响马河漂流，全长有近 7 公里，贯穿全程的有钟乳长廊，有长短急滩、高低跌瀑数十处，最浅处仅没脚踝，最深处一米多，沿途可尽情观赏峡谷雄奇壮美或娟秀多姿的风光。于是有诗体现了漂流的人们所见景观的险、奇、异之特色，诗曰：

绝壁万仞一线天，钟乳千姿两岸悬。

苍岭奇峰百草异，啸鹰击水百鸟寒。

第五节　带着诗情到洋渡河寻美

　　洋渡河峡谷，把历史人文倾注而就的命脉，逶迤在山乡的险峻和崎岖之中，染绿了万物的希望。载入史册的四十兵工厂、双溪机械厂、綦江铁矿，曾是一道道靓丽的风景，感动了无数爱国奉献的人们。一泻千里的豪迈和缱绻，挥写了岁月的画卷。

　　星移斗转，四季轮回，风光常在。山水如画的人间仙境，浑然天成。听河水潺潺伴奏的山歌，蜿蜒而去的河水宛如一轮纺车抽出的白练飞扬，山岚一般萦绕于云里雾中，引人无限遐想……

　　远离都市的喧嚣，抛开世俗的烦恼，放下肩负的重担，背起行囊，行走于洋渡河峡谷，穿梭于崇山峻岭，带你寻找峡谷的历史之美，让你领略峡谷的自然之美。

　　赶水镇域内的洋渡河，又名温水河。它发源于贵州省习水县温水镇汤山箭头垭口，一路穿山越岭，流至洋渡后与石龙溪、三洞溪合流进入小鱼沱，再绕着土台山，经过麻柳滩，缓缓北流四十多公里，最后在赶水镇上场口汇入綦江河。

　　洋渡河峡谷，青山绿水，绵延不断。时而云雾缭绕，如梦似幻；时而悬崖峭壁，如诗似画。大山以其浑厚坦荡的胸怀容纳万物，汇聚百川，它像一个青年，展示着它的沉稳与担当，释放着它的真诚与热情，彰显着峡谷的壮美与柔情，映射出这里的源远与流长。愿远行之人，入乡随俗，轻装上阵，回归本真，便不辜负洋渡河峡谷的一片盛情。愿心灵经过涤荡，繁华落尽，洗尽铅

○ 清幽的洋渡河

华，才不枉与之相得益彰。愿俗世的烦恼蜕于崇山峻岭中，浸染心灵的宁静与安详，为人生新的起航插上隐形的翅膀。

漫步间，探寻巧夺天工的天然溶洞作为兵工厂的生产车间，聆听军工人在抗日战争及三线建设时期夜以继日制造兵器的传奇故事。一场视觉与听觉的盛宴，是一次历史人文与大自然的完美融合，更是返璞归真、顺应自然的和谐篇章，它直击心灵，触动心弦。

春夏秋冬，四季轮回，洋渡河峡谷向世人展示着它的千姿百态，更散发出它的别样风情。春天，生机盎然，万紫千红；夏天，河水奔涌，苍翠欲流；秋天，天高云淡，硕果累累；冬天，漫天飞雪，梅花怒放。

小鱼沱电厂，在洋渡河上修有一水闸，洋渡河水在这一段变得十分平缓，水波荡漾，风光旖旎。洋渡河的自然美景也主要集中在小鱼沱以上至金鸡岩之间。深秋时节，站在闸坝上，放眼望去，遍山的芦苇花将赶水土台的秋天装扮得十分绚烂。隐在山间里的美丽乡村屋舍俨然，鸡犬相闻，好一幅晋代大诗人陶渊明笔下的世外桃花源画卷。

洋渡河水从南面的山峦之间蜿蜒而来，沿河两岸，一棵接一棵虬枝盘曲的黄葛树，葱茏如盖，显得古朴与宁静。那一片片鹅卵石河滩，点缀着一丛丛芦苇

○ 绚丽的洋渡河

花，微风过处，洁白的花絮轻扬着，慢慢飘向空中，飘向远方。看着那波平如镜的洋渡河水，你一定会迫不及待地想与之亲近。站在河中，任清澈的河水轻轻地浸润着双足，那种久违的自然之凉爽便涌遍全身，快乐和幸福之感无法言表。抬眼望去，两岸峰峦对峙，石灰岩形成的各种地貌，形态各异，让人浮想联翩。从整体上乍一看，洋渡河水流到这里，颇有唐代诗仙太白所写《望天门山》中的诗句"碧水东流至此回"的清幽意境，令人乐而忘返。

穿行洋渡河峡谷长廊，认真谛听，那些洒满阳光的旧梦依旧温暖，那些装点岁月的时光永远定格。无论时光如何流逝，岁月如何迁延，总有一些灵魂，哪怕容颜老去也阻止不了内心的渴望，风尘起落也不能阻挡眼底的光芒。于是有首《水调歌头·洋渡河峡谷行》词曰：

綦江赶水唤，一路向南飞。两山夹道迎送，为我助风仪。不厌危峰平仄，尤喜清流接近，怡情感悟依。谷底恨身小，崖顶笑天低。

沐云海，寻古道，发奇思。观兵工厂，英勇军工人已去。近看溶洞风貌，制造枪炮留痕，纵览无械机。赏峡谷奇景，赞人文励志。

第六节　游早岩头欣赏八景

早岩头，也叫獴岩头，八景历史悠久，景观奇异，是一串闪烁着赶水文化光辉的明珠。

自古以来，綦江就是黄金水道。伫立于早岩山峰，日夜可以观赏江中点点白帆、百舸争流之美景。

每当晴天，登岩俯视，群山倒映江中，如云龙升腾，颇为壮观。早岩头松柏翠绿，百草葱郁，生态环境优美。冬梅春桃，含苞吐蕾，绚丽灿烂，赏心悦目。

早岩头八景，绚丽多彩，表现了自然山林之美，蕴涵了赶水文化之美，是自然景观与传统文化的和谐统一。

早岩头八景，位于赶水镇铁石垭村与东溪镇上书村交界处。山势巍峨，树木葱茏。站在山巅，可远观赶水一场八桥奇观与高速铁路车站赶水东站，宽阔的街道、飞驰的动车、奔流的綦河等尽收眼底，有"会当凌绝顶，一览众山小"之感。

早岩头第一景为"天梯入幻"。从赶水镇铁石垭到山顶，需要走一公里多的石梯，平均坡度大约四十五度。特别是在早岩寺正庙下有一段更加陡峭的石梯，倾斜度在七十度以上，从下往上看，尽头在蓝天白云处。当地人将这一段最险的石梯称作天梯，也有人叫之通天大道。无论到早岩寺烧香还是观景，都要在天梯走一遭。于是有《天梯入幻》诗：

天梯高耸入云霄，登临早岩勿惧遥。

稳稳步行坚实住，匀匀吐纳轻柔摇。

○ 猼崖仙境石刻

万行踏去何艰苦，一念秉持终不挠。

会当绝顶览远景，路途险峻亦有笑。

　　早岩头第二景为"古桷迎宾"。在早岩寺下庙之上、正庙之旁，有一棵枝繁叶茂的黄桷树，已有数百年的树龄了，树干中空，有一个可容彪形大汉藏身的树洞，这是岁月在这棵黄桷树上留下的印痕。奇特的是，虽然这棵古树长在岩石上，且树干都被掏空了，然而依旧浓荫如盖，傲然挺立，迎接着八方来客。于是善男信女们在黄桷树下立黄桷妈香位，烧香供奉，祈求长寿。有《古桷迎宾》诗：

百年黄桷屹山间，笑迎游客万万千。

根深蒂固遮日月，枝繁叶茂耸寺边。

秋风弄叶萧萧下，春雨绿枝细细开。

佛祖有心悟佛道，普度众生佑人间。

　　早岩头第三景为"寺庙佛光"。早岩寺，始建于清康熙二年（公元1663年），位于早岩头山顶，坐东向西，土石结构，分上庙、正庙、下庙三座庙宇，每一座庙都不大，但是每年香会和正月间，香客络绎不绝，香火旺盛。于是有《寺庙佛光》诗：

　　石鼓山旁少尘纤，早岩寺中腾雾烟。

　　历届住持虽远逝，信徒崇拜更心虔。

　　禅音弥绕净杂念，神像庄严辨忠奸。

　　宗教传承千百载，佛光普照暖人间。

　　早岩头第四景为"清泉似茗"。在早岩寺的下庙旁，有一股清澈的泉水从巨大的岩石下的缝隙中流出，长年不断。俗话说，山有多高，水就有多高。这股清泉从何处来，是无处寻觅了。然而，这股泉水，为早岩寺增添了不少灵气。许多香客或游人从山下往上登早岩寺，走得汗流浃背、口干舌燥

○ 猎岩寺碑

之时，捧起这股清泉喝几口，甘甜解渴，令人对早岩寺的神灵庇护更加敬畏，对大自然的神奇更加赞叹。于是有《清泉似茗》诗：

　　　　山间清泉石缝流，甘甜爽神疲已休。

　　　　鸟鸣唯恐惊佛静，云隐无非怕离愁。

　　　　登临山顶美景近，别离故土险途幽。

　　　　平生寄托凌云志，博取功名照千秋。

　　早岩头第五景为"松林幽聚"。这里有成片成片的松林，树干直而挺，一身绿装春不着浓，夏不招艳，秋不惧霜，冬倍耐寒。它们对一年的风霜雨雪都淡而视之。春天来了就开几朵洁净的碎花，昭示一下春天的到来；经过夏雨，也不像花儿一样，招蜂引蝶，惹人媚眼；秋霜偷渡，百花凋零，千绿褪色，而那片幽静的松林依然把绿色献给人间；寒冷的冬天来到，百草枯黄，百树枝僵，才真正显示其飒爽英姿，笑傲雪冬的豪气，尽显冬之骄子的美誉。于是有《松林幽聚》诗：

　　　　早岩常见飘晚霞，松林深处有人家。

　　　　修习大道寻仙梦，耻笑凡夫崇太夸。

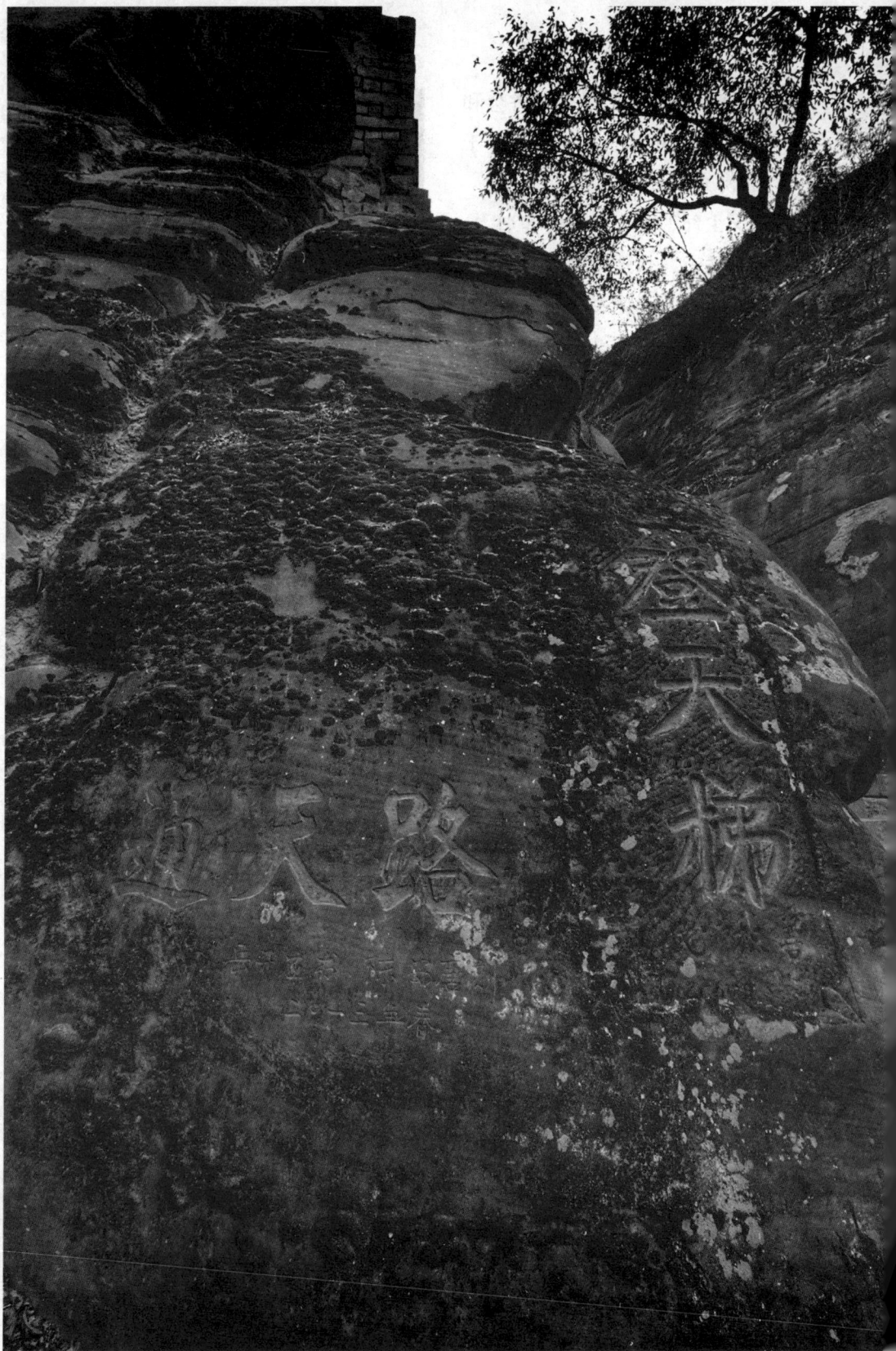

○ 登天梯石刻

门前泉眼长流水，寺后娇娆不谢花。

轮回四季枯荣事，独守流年景更佳。

旱岩头第六景为"云雾烟雨"。每当清晨，那云雾如冉冉升起的袅袅轻纱，飘逸曼妙。如遇一阵烟雨袭来，又是满山的孤清。明亮的水帘，飘落的雨滴，渐渐隐没了，朦胧的黛色后面是一片乳白的色彩，衣衫上沾染了些许雨珠，寺中的钟声时而雄浑时而清越。把这份盛情揽在怀里，于云端挥手，指间尽是朵朵清凉的雾花或雨花。于是有《云雾烟雨》诗：

峰峦叠嶂连旱岩，沿路繁花溢芬芳。

雨洗山川天净净，风摇松柏野茫茫。

烟云笼罩悬崖隐，雾霭迷蒙寺钟响。

世外桃源无处觅，瑶池美景待阳光。

旱岩头第七景为"繁星落地"。每当晴天夜幕降临的时候，那深邃辽远的宝石蓝的天空上，便绽出了一团团星光，划出一条弧形的漂亮轨道，拖曳着一条极灿烂的光束，向着无穷的广袤里悠然而逝。于是有《繁星落地》诗：

繁星疏密布蓝天，月夜寥遥逛浩园。

光远纤微存遍处，情深素稔面常年。

晴空放眼观苍郁，琼宇抬头赏碧斓。

恍若萤虫翩丽舞，娓言窃语梦柔甜。

旱岩头第八景为"朝霞旭日"。当天渐渐破晓，大地朦朦胧胧，如同笼罩着银灰色的轻纱。这时，万籁俱寂，突然一声鸟鸣，划破了这寂静。放眼向东望去，茫茫的天际弥漫着一层轻飘飘的白雾。白雾远处，挂着一片淡淡的、桃红色的云霞。它不那么浓重，也不那么清淡。忽然，云霞的正中出现了一个红得可爱的圆球。太阳升起来了。此时，它还收敛着自己的光芒，可以直视它。不一会儿，太阳放射出炫目的金光，给山川大地披上了一件美丽的金装。于是有《朝霞旭日》诗：

旭日初升放曙光，日出东方红满天。

朝霞映衬桥乡美，朦胧晨曦似仙境。

祥光万道驱阴雾，瑞气千条罩大川。

励精图治中国梦，玉宇澄清百姓安。

旱岩头八景，让灵魂回归大山的怀抱，成为回归自然的共鸣，听松林发出的阵阵涛声，让浮躁的灵魂变得静谧，洗去红尘俗事后的圣洁，就像雨后盛开的高山雪莲一样纯真。于是有《游早岩头》诗：

莫辞艰难登高望，赶水桥城入画廊。

日落初回动车响，迷音餐厅美味香。

早岩八景历史久，文脉千年传承长。

寄情山水乐逍遥，怡心莫负好时光。

第七节　畅想藻渡湖的壮美

　　走在赶水藻渡湖边，畅想着温柔的春风如期而至。诗意的天空，吹来一缕雨丝，仿佛历史久远的千年诉说，辗转于思念诠释的僚人河畔。那湖上翻飞的水鸟，把最初的故事，留在亦真亦幻的风景中。让曾经的溪河变成一汪壮美的平湖，让乡村的风景再次展示一种原生态的靓丽，让四面八方的游人穿梭于深山平湖的黄昏与黎明之间，点燃乡村旅游的火焰，唱响乡村振兴的赞歌。

　　每当置身于平湖的渡口，相向而行的脚步在欢愉中一遍遍响起，看青山绿水舞蹈在阳光下，衍生成金山银山的主题。踏梦而来的人们，把轻盈的脚步留在湖

○ 藻渡水库大坝

○ 记忆中的藻渡河

岸的风景线上。

慧眼一样的藻渡湖，望着映入眼帘的飞鸟林木，那是一面明镜照见山川日月，照见千人千面与万事万物。默默的一汪藻渡湖，目光清澈，观照大千世界云卷云舒。任沧海横流，任时空凝固，看得透内外差别、真假迷雾；任千姿百态，任千变万化，一目了然此物属性、那人面目。心有灵犀的坦荡平湖，安居深山，静观万物万相，笑看花开花落、朝朝暮暮……

藻渡湖，其实就是藻渡水库，始建于2022年9月，位于綦江区赶水镇藻渡河河口上游约1.2千米处，距綦江城区直线距离35千米，距重庆市区80千米。

藻渡水库总投资101亿元，工程等级为Ⅱ等，工程规模为大（二）型。水源工程主要建筑物由混凝土面板堆石坝、右岸溢洪道、右岸引水隧洞及引水式地面厂房、左岸放空洞等组成。大坝坝顶高379.3米，最大坝高104.5米。

藻渡水库输水线路包括总干渠、左干渠和右干渠三部分。总干渠西线起点为赶水铜矿村，终点为巴南区仁流场，线路总长54.05千米，总体为西北走向；左干渠起点为总干渠分水口，终点为江津区观音桥，左干渠长25.83千米，总体为东西走向；右干渠起点为总干渠分水口，终点为巴南区大塘湾，右干渠长28.25千米，总体为南北走向。线路总长108.13千米，包括36座隧洞、16座倒虹吸、3座渡槽、1座箱涵、11段管道和4段明渠。

藻渡水库正常蓄水位375米，设计洪水位376米，校核洪水位377.53米，防洪高水位 376 米，汛期限制水位 366.8 米，死水位 342 米。

藻渡水库总库容 1.99 亿立方米，正常蓄水位相应库容 1.83 亿立方米，调节库容 1.35 亿立方米，死库容 0.48 亿立方米，防洪库容 4975 万立方米。电站装机 12 兆瓦，年发电量 4494 万千瓦时，装机利用小时数 3475 小时。

藻渡水库工程建设征地涉及重庆市的綦江区、万盛区、巴南区、江津区和贵州省的桐梓县等 5 个县（区）、15 个镇（街）、57 个行政村（社区）、197 个居民小组，涉及城市集镇 1 个、居民 1302 户，总人口 5788 人，其中农村人口 2879 人，集镇人口 2125 人，工业企业 784 人；涉及各类房屋总面积 32.78 万平方米。建设征地范围内土地总面积 14246.53 亩，其中耕地 3714.89 亩，园地 378.95 亩，林地 5429.21 亩，其他土地 4723.48 亩。涉及零星树木 9047 株，涉及坟墓 1454 座。涉及农村水利设施 2 处，工商企业文教卫单位 32 家，工业企业 20 家。涉及等级公路 33.9 千米；大中型桥梁 9 座 477 延米；输电线路 23.32 千米，10 千伏配电变压器 14 台，容量 2690 千伏安；通信线路 257.845 千米，通信基站、机房 15 座；广播电视线路 86.543 千米，广电机房 4 座；水文站 1 座；管道 1.553 千米。

藻渡水库淹没区范围涉及綦江区赶水镇南坪村、新炉村、藻渡村、风门村、马龙村，以及万盛经济技术开发区关坝镇光明村、田坝村的相应区域，和贵州省桐梓县坡渡镇坡渡村、木人台村、田垭村、高台村、高梁村、林紫村，以及羊磴镇羊岩村、苦楝村的相应区域。征地及移民安置 0.9 万人，搬迁房屋 35 万平方米。

藻渡水库工程，将綦江城区防洪标准 20 年一遇提高至 50 年一遇，可提供城乡供水量 1.46 亿立方米、灌溉供水量 0.95 亿立方米，改善渝南片区 225 万人的供水和 31.67 万亩土地的灌溉用水条件。

据说，藻渡水库工程在 20 世纪 60 年代就曾经规划过，因各种原因未能付诸修建。那时的藻渡河，是藻渡煤矿煤运的重要水运航道，每天河道上运煤的船只往返不断，一片繁忙景象，此起彼伏的船工号子穿林渡水而来，随风飘向很远很远的地方。

时光穿梭，藻渡河煤运的船影无声地消失了，是新时代以一种迎接阳光的姿势，规划修建了这个利国利民的水利工程，让这一汪深山平湖呈现波光粼粼的壮美，让涌动的潮汛不再擦肩而过，让清澈的蔚蓝不再成为奢望。

　　春天的雨水湿润了湖岸的林荫小道，视野中闪烁的嫩绿，在雨后春笋中拔节生长。阳光在树梢书写平仄的诗句，复活成春天的语言。碧水倒影的丽景，把一种诗情画意的诗韵托举成明媚的问候。藻渡湖边熙攘的人流，让与生俱来的鸟鸣成为季节悠长悠远的思念。

　　宁静的夜晚，一次次眺望湖岸人家的灯火。拉长岁月的等待，盛开在窗前的紫罗兰散发出诱人的清馨，飞翔的灵感扑闪那透明的羽翅，轻轻地落在牵挂的琴弦。那古老僚人的故事，被平湖淹没了生命的四季，就连那战栗在枝头的往事，也收回了荡漾的涟漪，伫立成生命中最后的箴言。

　　经不住岁月风雨的洗涤，唯有走出那深山峡谷，才能够看懂新建的深山平湖的模样。远去的驼铃是那川黔盐马古道上葱茏的历史。唯有用心去感觉内心的那份虔诚，才不会被时光的流逝所冲淡。醒着的梦，沿着记忆的沧桑，展示一种眷恋的情怀。

　　静静的一湖幽深，风来不起涟漪只送山水的芳香。有两个太阳，一个在水

○ 藻渡河上的铁索桥

○ 湖山拥翠听松泉

里，一个在天上，我在水中央。我的笔画不出思念的模样，诗把它渲染成赶水风景的辉煌。于是有诗赞曰：

> 赶水桥乡美誉惊，光莹水色景丰盈。
>
> 风生细浪长吟乐，山抱平湖玉鉴清。
>
> 林静花香峰壑醉，峡幽舟泛杜鹃鸣。
>
> 漂流数里皆奇叹，游客欢歌万种情。

第六章

人物星空

【导读语】

徜徉赶水，感受这片历史星空的灿烂辉煌。当我们尝试沿着时间的脉络去探寻一段历史，总不可避免地会把目光投注到那些活跃于各个时代的人物星空之中。正是因为这些人物，才让那些属于他们的岁月有了更多的人文情怀，或者影响，他们创造着关于他们的传奇与故事。江姐诠释红岩精神、王金安不忘初心、张家琴传承陶艺、谭先华弘扬面塑、李安艳指点迷津、令狐克洪守望校园，他们都是赶水的闪烁之星，我们应该领悟他们的信念，并称道他们的精神。

桥城广场

第一节　红岩精神——江姐

　　20世纪60年代，根据革命英烈江竹筠的英雄事迹改编的长篇小说《红岩》一经面世，便在全国引起了轰动。几十年来，江姐在狱中虽受尽酷刑，却依然坚贞不屈的革命精神，激励着一代又一代年轻人，而江姐所代表的红岩精神更是穿越时光、历久弥新。

　　江姐，曾用名江志炜、江竹筠、江雪琴，"江姐"是人们对她的爱称。江姐，生于1920年8月20日，家住四川省自贡市大安区大山铺镇江家湾。她是一个普通农民家庭的孩子，在八岁那年随母亲逃荒至重庆。1939年，年仅19岁的她就加入了中国共产党。1941年夏天，21岁的她被川东特委调任重庆新市区区委委员，负责组织学生运动，发展新党员。

　　1945年，江竹筠与中共重庆市委领导人之一的彭咏梧组建家庭，协助他处理党内事务和内外联络工作，负责中共重庆市委地下刊物《挺进报》的组织发行工作。从那时起，同志们都亲切地称她"江姐"。

　　1948年春节前夕，彭咏梧在组织武装暴动时不幸牺牲，头颅被敌人残忍地割下挂在城门上示众。得知丈夫被害后的江竹筠，只是远远看了几眼丈夫的头颅，便强忍悲痛，果断接手了丈夫的工作。

　　1948年6月14日，由于叛徒的出卖，江竹筠被捕，关押在渣滓洞集中营。国民党军统特务用尽各种酷刑：老虎凳、辣椒水、吊索、带刺的钢鞭，甚至

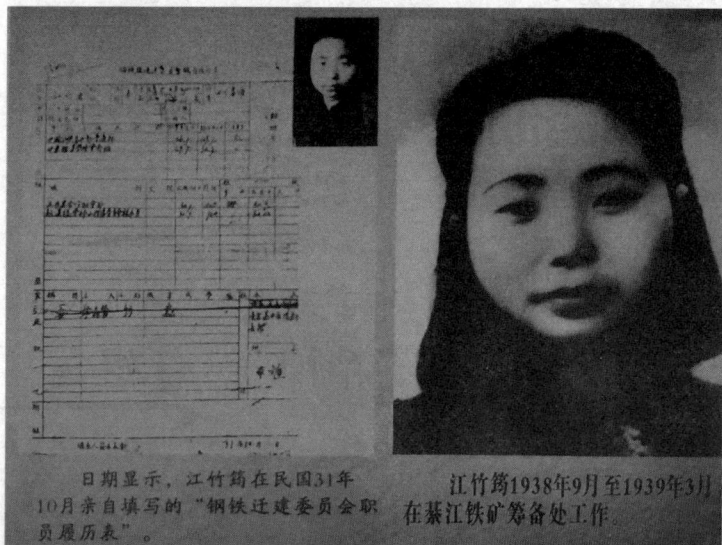

日期显示，江竹筠在民国31年10月亲自填写的"钢铁迁建委员会职员履历表"。

江竹筠1938年9月至1939年3月在綦江铁矿筹备处工作

○ 江姐在赶水铁矿工作的履历表

残酷地将竹签钉进她的十指，想从这个年轻的女共产党员身上打开缺口。面对敌人惨无人道的酷刑摧残和死亡威胁，江竹筠斩钉截铁地回答："竹签子毕竟是竹子做的，共产党员的意志是钢铁！""头可断，血可流，共产党员的意志你是永远打垮不了的。"1949年10月1日，中华人民共和国成立，江竹筠和战友们在渣滓洞听闻此消息，她们虽不知国旗的样子，却也满怀着憧憬地想象，用手中仅有的简单材料，绣制出一面带有五星图案的旗帜。

1949年11月14日，在重庆即将解放前夕，江竹筠被国民党军统特务秘密杀害于渣滓洞监狱，后被用盐酸毁尸灭迹，时年29岁。她牺牲前，用筷子磨成竹签做笔，用棉花灰制成墨水，写下托孤遗书："孩子们决不要骄（娇）养，粗服淡饭足矣……"

为什么人们会这样地思念江姐呢？因为江姐的精神就代表了我们的自我牺牲的民族魂。

百折不挠的江姐于綦江铁矿有一段工作经历，她在綦江铁矿工作过的历史却极少有人知道。那是因为当年的知情人，大都是给国民政府供职过的旧职员，囿于特殊年代的特殊背景，基于明哲保身的目的，对这段往事都纷纷选择了沉默。寒来暑往，几十年之后，江姐在綦江铁矿工作的这段经历才慢慢被知晓，重庆市档案馆还专门到綦江铁矿收集了当年入职时她填写的履历表和调动手续等原件，作为那段历史最好的见证。

1942年9月至1943年2月，江姐在綦江铁矿工作四个多月。由于江姐在綦江铁矿工作的时间较短，所以这段历史鲜有人知。

1942年夏，江竹筠在与另一名地下党员接头时，连续两次被人监视。幸亏她与战友发现及时，相互配合才成功摆脱了跟踪。这次意外，引起了上级党组织的高度警惕，市委和区委决定立即安排江竹筠撤离，指示她进入钢铁迁建委员会下属的綦江铁矿避险。

钢铁迁建委员会，位于重庆大渡口，是抗战后方最大的钢铁联合企业。这个厂直属于国民政府军政部兵工署和经济部资源委员会领导，对职工进厂和离职都有十分严格的审核管理程序。綦江铁矿，距离重庆100多公里，是钢铁迁建委员会最为重要的原料基地。这里偏僻闭塞，有利于江竹筠隐蔽身份。由于有綦江铁矿无线电台台长程楷、报务员雷振宇和会计课成本组组长来家欣出面介绍并担保，江竹筠顺利通过了矿长黄典华的考核，予以任用。

1942年9月7日，江竹筠到綦江铁矿报到。綦江铁矿以"綦〔31〕字第346号文"呈钢铁迁建委员会，申报江竹筠的入职申请。钢铁迁建委员会在审查核实后，以"秘人〔31〕字7359号文"准呈，委任江竹筠为綦江铁矿总务课庶务组司事，月薪75元。同年10月1日，江竹筠正式在綦江铁矿从事会计工作。

为了隐藏身份，她在填写钢铁迁建委员会职员履历表时，特意对部分真实信息作了修改，不仅年龄虚报了4岁，还将籍贯改为四川富顺。

尽管是出于临时避险的目的，但江竹筠在綦江铁矿的工作仍然十分敬业，赢得了大家的一致好评。

江竹筠的同事们称她为江先生，直属领导包课长评价她，在课工作亦甚努力。矿长黄典华在综合考察了她的工作表现后，除了自10月1日起按职员待遇发放津贴、奖金等款项外，对10月1日前的这段时间，还以雇员待遇给予其补助。

1943年1月，特务又开始了对江竹筠的跟踪监视。为此，她以胃病复发、医生嘱咐长期静养调理为由，于2月16日向黄典华提出辞呈。2月27日，黄典华批示："先将各部分手续办完后准予转呈。"

根据离职程序，綦江铁矿会计课账务组事务员朱树明、王蕙仙为江竹筠出具了离职保证书，"担保江竹筠在脱离綦江铁矿总务课庶务组司事职务后，绝对保守任内所知之一切军事上之秘密。如有泄漏此事，愿由保证人负责"。随后，綦江铁矿以"綦〔32〕字第 162 号文"呈钢铁迁建委员会批准。5 月 10 日，钢铁迁建委员会负责人鲁循然作出批示："江辞职照准。"

实际上，根据党组织要求，她在递交辞呈后不久就回到了重庆。

以江姐为代表的一批中国共产党人，抛头颅、洒热血，为新中国的解放事业流尽了最后一滴血。他们就像绽放在寒冬里的红梅，成为共和国旗帜上最鲜红、最壮丽的色彩。作为新时代的人们，一定要传承红岩精神，赓续红色血脉，为祖国的繁荣富强不忘初心，砥砺前行。于是有诗赞红岩精神：

> 寒凝大地不畏难，视死如归气震天。
>
> 意志坚强惊敌寇，英雄美誉耀人间。

第二节　不忘初心——王金安

一场场战斗是军人浴血的勇敢，让光明照亮城乡的黑暗；一天天拼搏是责任承担的坚守，让人生实现业绩的辉煌；一次次创业是商海弄潮的坚忍，让智慧筹谋经营的成功；一次次捐款是爱心奉献的善举，让学子放飞成才的理想；一只只山羊是林中奔跑的希望，让百姓脱贫走向生活的小康……这些是王金安人生价值的生动体现。

王金安，1937 年 9 月出生于赶水石房村，祖籍是綦江东溪牛心山。王金安从军 28 年，地方工作 15 年，在他退役的 40 年里，用创新创业、实干担当、扶贫济困的实绩，诠释了一个共产党员不忘初心与奉献为民的情怀。

从军戍边，退伍创业

1955 年 3 月，王金安参军到了中国人民解放军原昆明军区孟连边防第九团，历任战士、班长、文书、排长、副指导员、指导员，营、团、独立营机关干事，军分区教导队教员，怒江军分区、司令部管理科协理员等职。

1957 年部队举办扫盲班学习时，昆明军区政治部印发了 1500 个生字的单行本教材，发放到部队掀起了读书识字的高潮。王金安用一天的时间就认完了1500 个生字，教员要他谈一谈读书识字的体会时，他写了一首诗："昨日是文盲，今日成书生。一天识千五，赛过古时人。"教员夸他说诗表意准确，内容丰富，鼓励他要继续好好学习。

○ 王金安（左）与雪域将军方尉三在一起

　　1958 年的板角战斗，600 余残匪，气势汹汹地窜扰至我们板角地区，妄想破坏边疆的稳定，边疆人民的生命财产与安全受到威胁。战斗在凌晨五点二十分打响以后，王金安带领的战斗小组，以机智灵活的战略战术和猛烈的火力，激战至下午六时许，将侵扰之敌击溃出境，战斗小组共歼敌 6 人，取得了战斗的最后胜利，他的英勇杀敌事迹赢得了广泛赞誉。

　　1969 年的回岗奔袭战斗中，王金安带领第二战斗小组，用火攻烧死了敌团长与副团长，在大火之中成功运出牺牲的战友罗定权的遗体，并带出罗定权使用的枪支。王金安虽头部被房屋梁木倒塌所击伤，面部与手部也被烧伤，但仍不下火线坚持战斗，直到将残敌彻底歼灭而凯旋。

　　1983 年，王金安转业了，分配到綦南供电局工作，担任过办公室主任、公安科长、党支部书记、经理等职，为綦江城乡的发展而兢兢业业工作，多次受到电业系统表彰。

退休创业，再铸辉煌

　　1994 年，王金安退休了，但没有像许多人一样清静无为地安享晚年，而是

○ 2020 年 12 月 28 日，福林村贫困户赠送锦旗给王金安，并一起合影

决定白手起家，重新创业。

王金安回到家乡石房村，详细考察调研了草蔸萝卜的历史。

赶水草蔸萝卜，外形圆滑，色泽雪白，个头大，食无渣，口感好，可生熟两食。据史载，宋绍兴十七年（公元 1147 年）十一月，李、冯、张、王四大才子同游赶水，四人吃了草蔸萝卜后，均赞不绝口，并在离开赶水时带走几大袋作为贡品献给了皇上。次年，皇上下旨送十车到朝廷，数十年间，赶水的草蔸萝卜成为每年向朝廷进贡的地方特产。

1953 年，赶水草蔸萝卜荣获綦江县和江津地委地方土特产称号。

1959 年，赶水草蔸萝卜被四川省列为地方土特产。

这样历史悠久、广泛种植的萝卜，到了 20 世纪 90 年代就很不值钱了。村民背到场镇上卖，还不够力气钱。有的群众只好把萝卜用来喂猪、喂牛，甚至烂在地里。于是王金安萌生了创办加工企业，规模加工萝卜爪的想法，引导村民广种萝卜，以高于市场价全部收购。

他这一想法遭到全家人的极力反对，说他年龄已大，资金不足，又无办厂经验。王金安力排众议，说这是一个很有市场前景的产业。他说干就干，多方筹资

50多万元，在赶水镇玉荷村客垫湾创办了綦江赶水红星农业科技发展中心，厂房800多平方米。

1999年，王金安收购村民种植的萝卜50多万斤，用传统加工方法加工。将白萝卜洗净，切成长约15厘米、宽约4厘米、最厚处约3厘米的三角形条块状，放在竹箩上铺开，或用棉线一条条串连起来，挂在竹竿上，在日光下晾晒成干条；然后，将晒干的白萝卜爪放在竹箩里，撒上精盐用力揉搓，待萝卜干里剩余的水分外溢时，再均匀地撒上红辣椒粉用力搓制，而后装进坛子或缸内，倒入白酒加盖密封，腌制半月之后，待其有较浓的香味溢出时即可取出食用。

2000年5月，綦江赶水红星农业科技发展中心生产的赶水牌萝卜爪上市，清脆香辣，爽口开胃，深受消费者喜爱，产品供不应求，发展中心年产值达50多万元。于是他作诗《有志者事竟成》：

赶水男儿艺高超，萝卜成丝九州销。

香脆甜辣好巴适，传统技艺自有招。

2004年6月，綦江赶水红星农业科技发展中心迁驻綦江火车站背后，厂房面积800多平方米。当年，王金安又注册了赶水牌系列豆腐乳，产品一经投放市场，也深受人们欢迎。发展中心年产值实现400多万元。于是他作诗《创业》：

创业艰难琐事多，两鬓白发同操戈。

日夜辛劳重学艺，一鸣惊人举世殊。

2007年3月，綦江赶水红星农业科技发展中心迁驻东溪镇盆石坝原永久中学，易名綦江县丹溪农产品开发有限责任公司，公司占地2000多平方米。公司年产值实现1650多万元。于是他作诗《余日生辉》：

追寻革命走天涯，少儿报国老回家。

不是贪闲无所事，余日生辉再种花。

十年艰辛终有果，农商并重收大瓜。

最美不过夕阳红，再迈征途把越跨。

2019年3月，綦江县丹溪农产品开发有限责任公司迁往綦江工业食品园区，更名为重庆綦丰农产品有限责任公司，年产值达到1950万元。于是他作诗《成功》：

山沟飞出金凤凰，食品上佳响四方。

十年荣获两大奖，名特产品优势强。

王金安创办企业，善于开拓创新，打造品牌。他经营的重庆綦丰农产品有限责任公司，20多年来，坚持传统工艺与现代工艺相结合，不断创造名优品牌。他先后开发了以萝卜爪为主体的各种香型系列腌制产品，即"赶水牌"萝卜爪、香乳腐等不同口感产品。

2005年11月，赶水牌萝卜爪、乳腐荣获第十二届中国杨凌农业高新科技成果博览会"后稷奖"。2006年1月，赶水牌萝卜爪、乳腐荣获重庆·中国西部农产品交易会"最受消费者喜爱产品"称号。2006年11月，赶水牌萝卜爪荣获第十三届中国杨凌农业高新科技成果博览会"后稷特别奖"，赶水牌脆笋荣获"后稷奖"。2007年1月，赶水牌乳腐荣获重庆·中国西部农产品交易会"最受消费者欢迎产品"称号。2007年11月，赶水牌豆腐乳荣获第十四届中国杨凌农业高新科技成果博览会"后稷奖"。2009年2月，赶水牌萝卜干、豆腐乳被评为綦江县"知名商标"。2010年1月，赶水牌萝卜爪荣获重庆"名牌农产品"。2011年1月，赶水牌萝卜爪荣获重庆市"著名商标"。2011年9月，赶水牌萝卜爪荣获第九届中国国际农产品交易会"金奖"。2013年10月，赶水牌萝卜爪荣获重庆市"名牌农产品"称号。2015年10月，赶水牌豆腐乳荣获"重庆市著名商标"。2019年6月，赶水萝卜干制作技艺被列为重庆市非物质文化遗产。现赶水牌系列产品，畅销重庆、四川、贵州、云南、浙江、湖南、陕西、北京、湖北、广州，及新加坡等地，享誉中外。

不忘初心，乐于奉献

王金安创办食品加工公司，有效地带动了2400余户农民致富，深受乡亲们的称赞与爱戴。他退伍40年，仍不忘军人本色，心怀感恩，奉献社会。

1996年，王金安回到赶水镇石房村，了解到群众打米困难，他捐资32000元，修建1间打米房，架设2.5公里电线，购买2台打米机。同时捐款5000元，资助修缮石房村小学。20多年来，王金安向贫困群众和党员先后捐送单衣、棉衣550套（件），棉被与床单480套（件），大米8000多斤，菜籽油500多桶，黄糖300多斤；向石房村、尚书村、盆石村等提供萝卜种子累计4000余斤；同时捐资10多万元，资助困难农户购买化肥、农药等。2018年，王金安向东溪镇上书、福林、农建、大安等村捐赠泡菜坛9000多个，价值20多万元。

特别是在近几年的精准扶贫中，王金安对东溪镇福林村11户贫困户计35人

○ 王金安（中）为出版《綦江文选》捐资

进行精准扶贫。六月的天气，骄阳似火，年已80多岁的王金安头戴草帽，不顾炎热，奔波在福林村曲折而陡峭的山路上。他走访了11家农户，了解掌握第一手资料，有针对性地进行精准扶贫。他资助贫困户大学生3名、高中生2名、小学生2名，帮助经费2万多元。帮扶贫困户产业发展资金5万多元，提供草蔸萝卜种子300多斤。捐赠衣物、被套等200多套（件）。在11户贫困户脱贫表彰总结会上，王金安语重心长地说："父老乡亲们，脱贫摘帽不是终点，而是新生活、新奋斗的起点。人世间，没有懒出来的幸福，只有干出来的精彩。"他秉持"扶上马送一程"的宗旨，对贫困户一直继续帮扶。东溪镇副镇长张先说："帮扶一家贫困户脱贫致富并不难，难的是他用个人的力量帮扶11户建卡贫困户脱贫致富，令人可钦可敬。"值得一提的是，王金安虽然创办了綦丰农产品开发有限责任公司，但后来他已将公司的管理交给儿子王波了，他自己在公司负责党建、工会工作，每月在公司只领3000元的工资。同时他自己还在赶水镇和东溪镇经营有地方特产专营店。扶贫济困的所有资金，购买粮、油、衣物、被子、种子、肥料、慰问品等的资金，都由他的退休金和他挣来的钱中开支。王金安不顾年迈、为民解忧的事迹在东溪、福林口口相传，妇孺皆知。"就算活到100岁，我也会用自己的能力继续帮扶他人，特别是读书困难的学生，一定尽一份微薄之力。"现年86岁的王金安铿锵有力地如是说。

助民脱贫，百姓称赞

"结对帮扶显真情，助民脱贫奔小康。"这是福林村吴正会、蒲德英等11户建卡贫困户于2020年12月28日赠送给王金安锦旗上的话，这是百姓对他倾心倾情倾力帮助他们而从心底发出的赞美。他们用这种真心真情来报答王金安的帮扶之恩。"王爷爷，感谢您对我读大学学费的支持，在以后的工作和生活中，我都要以您为学习的楷模，做一个对社会有益的人。"吴正英的儿子江洪如是说。

2021年，王金安被评为綦江区扶贫先进个人、綦江区优秀党务工作者、綦江区2021年度感动綦江人物之冠；2022年，王金安被选定为重庆市非物质文化遗产代表性项目綦江萝卜干制作技艺的代表性传承人等。王金安写的《讲奉献》一诗言道："走过人生八十秋，无私奉献乃所求。一生清正丹心在，公仆楷模百世流。"这是他的理想信念、乐于奉献的真实写照。

向王金安致敬！绿军营，战硝烟，英勇无畏守边关，他是守护国家安宁的卫士，展现了军人的风采；退休后，创业艰，乘风破浪扬风帆，他是传承非遗的智者，彰显了人生的价值；新时代，跟党走，精准扶贫勇承担，他是乐于奉献的典范，演绎了党员的情怀……于是有诗赞曰：

纷夸年少入行伍，板角硝烟灭敌兵。

驰骋疆场先士卒，艰难困苦显忠诚。

金安勇闯山前路，赶水商标榜上名。

八十雄心犹未已，綦河大地享殊荣。

第三节　传承陶艺——张家琴

　　艺术起源于生活而高于生活。陶本身就是一种得天独厚的材质，它有其自身的表现形式，这是最真实的。艺术品是人们用心用情制作出来的，是有感情的，是深具内蕴的。走进赶水镇岔滩村张家琴的陶瓷厂陈列室，只见摆满了各式各样的古陶器，每件作品都工艺精湛，造型生动逼真，令人赞叹。

　　张家琴，生于1953年10月，是綦江巴古陶的传承人。她17岁时就到綦江陶瓷厂学习制陶技艺，历经50多年，仍对陶艺制作乐此不疲，且坚持创新，与时代一同进步。

　　綦江古陶，在传承和发展的过程中，凝聚了历代众多艺术师的心血。在历代艺术师们的手下，无数栩栩如生的花、鸟、虫、鱼让人爱不释手，陶瓷釉下彩、釉上彩闪烁着独特的光芒。活灵活现的各种人物、动物雕像，逼真得让人惊叹，夸张得让人笑口难合。

　　追忆陶艺，有发展，有衰落，也有辉煌。1952年，在赶水岔滩头道沟陶瓷厂组建了綦江县黄泥岗陶瓷社。从此，綦江县黄泥岗陶瓷社走向规模化生产，陶瓷工人的技艺也得到肯定和提高。

　　1966年，为了更好地传承綦江古陶文化，黄泥岗陶瓷社整体搬迁到岔滩街，更名为綦江县岔滩陶瓷社。

　　1973年，綦江县岔滩陶瓷社开始生产工艺美术陶瓷。美术陶的特点，是在坯泥和釉色的改进上更加细腻、光滑和美观，表现手法更加多样。在改革生产工

○ 栩栩如生的巴古陶作品

艺技术方面，首先改革古陶、工艺陶的成型工艺，改手摇车盘、手工提坯为电动车盘和注浆成型，引进制坯联动线，添置制坯机。除了巴古陶、工艺美术陶以外，普瓷碗、盘等产品全面实现机械化生产，让陶瓷的传统工艺技术与现代工艺技术共融。此时，陶瓷厂成为四川美术学院学生的实习基地。在四川美术学院师生的帮助下，綦江古陶工艺推陈出新，弘扬了綦江古陶艺文化。

1984年，綦江县美术陶瓷厂生产的新产品铁红釉鸡首壶获得四川省旅游产品银奖。

1986年，生产的新产品铁红釉龙头蚊香炉获得四川省质量评比金奖。

1988年，创新的巴古陶脸谱、水仙盆、观音瓶等产品走出国门，远销澳大利亚等国家。

1990年，綦江陶瓷厂应邀参加第十一届亚运会艺术节展会，巴古陶系列产品荣获第十一届亚运会艺术节组委会颁发的优秀创作一等奖。

1996年8月，由于管理不善，綦江陶瓷厂关闭了。

1998年，张家琴为了守护内心深处的热爱，租赁了綦江陶瓷厂场地，取名綦江工艺美术陶瓷厂，对綦江古陶艺进行研究、传承与生产，致力于綦江古陶艺的创新与发展。

为了不让綦江古陶艺这项民间传统艺术技艺失传，她无偿教授愿意学习陶艺的年轻人或小孩。

要更好地传承并发扬光大巴古陶艺术，任重而道远。綦江巴古陶的创作、设计过程，本身就是一次广泛收集借鉴、学习传统的綦江民间工艺的过程。在制作造型过程中，灵活运用了浅雕、浮雕、透雕等手法，以手工为主、模具制作为辅。在材料上以上陶为主、耐材为辅。土的粗犷、陶的古朴，正迎合了回到大自然去的新潮，有人把巴古陶称之为铁陶。在巴古陶烧成中要顺其自然，采用原始烧法，并配进一些价格低廉的含铁废渣，给产品增添了一层神秘的色彩。

綦江系山区，境内群山起伏，先民们很早就在这片古老的土地上捏泥制陶。山不仅养活了綦江人，也创造了独特、灿烂的綦江古陶文化。作为綦江区非物质文化遗产的綦江巴古陶，就是綦江古代文化的重要组成部分。

从赶水岔滩黄泥岗古窑遗址发掘的陶片中，我们仿佛看见了这里古代制陶的繁忙景象。綦江发现的东汉墓有八百多座，出土文物中的陶罐、钵、盏、陶俑、陶艺造型别致。反映在墓石拓片、陶器上的浮雕、人物、花、鸟、鱼、蛇、虎等图案，体现了古代綦江劳动人民的原始艺术。綦江巴古陶艺术的再现，和巴文化有着

○ 巴古陶展示

密切的渊源。

黄泥岗地下蕴藏着丰富的陶瓷资源，有 900 度就能熔化烧结的低温白陶土、1000 度烧结的土陶土、1250 度烧结的黄泥土、1800 度烧结的页岩红陶土，以及制作细瓷的原料白泡石，还有制作釉料的方解石、石灰石、铝矾土、铁矿石等。解放前，在方圆不到十里的黄泥岗就有岚垭、金冠、头道沟等 6 家陶瓷厂。这些陶瓷厂，主要生产各种大小的缸、钵、罐、壶、杯、盘等生活日用陶瓷品，产品主要分为炻瓷和土陶两大类。产品首先以炻瓷为主，温度 1250 度，介于瓷器和陶器之间，耐酸、耐碱、耐腐蚀、耐高温。釉色以糠灰釉为主，青白透明，装饰图案以青花为主。外观比较细腻、美观、大方，消费者十分喜爱。其次就是土陶，温度 1800 度左右，以红陶土成坯，潮泥配釉，外观比较粗糙。各种陶瓷原料自有的高温色彩，加上共融的色彩以及各种陶瓷釉彩的装饰和点缀，让綦江巴古陶展现出千姿百态的娇颜，奠定了綦江巴古陶独有的特色，形成了独特、灿烂的綦江古陶文化。

一个个古陶器，在诉说着它们的历史。陶器上的花纹，每一笔都印刻着制作者的心血。每一个惟妙惟肖的作品，都充满了生命力，在传承人张家琴的传承与弘扬中，历久生辉，光彩照人。于是有诗赞曰：

学艺精深务必勤，一番苦练技超群。

古陶文化吹新曲，展示精瓷引外宾。

工艺源流悠久史，香炉红釉铸巴魂。

非遗承继逢春色，努力拼搏践信心。

第四节 弘扬面塑——谭先华

每逢春节，谭先华都会背着工具箱去商圈或热门景区展示手艺。他捏的面人五颜六色、形态各异、生动传神，深受大家的喜爱。

2020年春节，谭先华在家好好陪家人过年，他感叹说，这十几年来，但凡春节，他都会去重庆解放碑、磁器口、南山植物园等地，为市民和游客捏面人。他见大家如此喜欢，甚至爱不释手，他的内心总是充满欣喜和满足。

2014年，谭先华被评为重庆市非物质文化遗产代表性传承人，他的重庆面塑，技艺独特出彩，走向了世界。

谭先华，生于1963年7月，綦江区赶水镇人，是重庆为数不多的面塑大师。他出生的年代，农村没有玩具，父亲就捏泥巴人给他和兄弟姐妹们玩儿。印象中，老家的泥巴没有杂质，特别细腻，尤其是石头缝里的黄泥，黏性好，用水一和，就像面团一样糯软。

谭先华还记得，当年父亲捏出的生肖动物，还用于祭祖。父亲那双巧手启蒙了他的爱好，但在小时候，那仅仅是爱好而已。初中毕业后，谭先华便继承了父亲的手艺，当木匠、石匠挣钱谋生，其间还做过理发师。

20世纪80年代初，捏面人生意很火，来自天南地北的手艺人，都会齐集在重庆动物园这个小孩子打堆的地方。谭先华在这里察觉到商机和前景，于是跟着内心爱好走，在这行潜心学习，从1987年开始独立创作面塑。由于没有系统的学习，他最开始捏面人的速度较慢。为了提升技艺，他四处向同行学习，与他们交流。

20世纪90年代初的一天，他碰到一位手艺高超的面塑艺人时师傅，正好从山东来重庆发展，谭先华当即就邀请时师傅住到他家，并向其拜师学艺。

早年，民间艺人都有技不外传的思想，他拜师的想法差点落了空。不过，他想提升自己技艺的决心很大，于是每当时师傅捏面人的时候，他就在旁边悄悄地观察，趁时师傅外出或睡觉时，他就悄悄练习。但偷学没持续多久，就被时师傅发现了。谭先华非常诚恳地向时师傅道了歉，时师傅看他如此痴迷这门技艺，便同意了教授他。

山东的面塑文化，历史悠久。谭先华在向时师傅求学阶段，也结识了另外几个从山东来重庆做面塑的手艺人，他又抓住机会不断拜师学习。

重庆主城的冬季几乎不下雪，气候和温度最适合捏面人，春节期间也比较有面塑市场。起初，每年春节，谭先华都会带着爱人和小孩赶回赶水老家团聚。后来他发现，外地手艺人都会趁着春节来渝挣钱，这给了他很大的启发。后来，春节大部分时间，谭先华都会留在重庆主城。久而久之，来自山东捏面人的师傅逐渐减少，他便成了捏面人的主角。

谭先华有一个大工具箱，跟着他走遍了重庆主城的大街小巷。原来每个捏面人的师傅都有一套自己的专属工具。谭先华的工具大部分是自制的，比如废弃的

○ 中国梦

○ 面塑作品展示

塑料牙刷和梳子，被他削一削，便成了他捏面人的好帮手。通常来说，他的工具箱里，每次能背上10公斤蒸发好的面，每回能捏约100个面人。要是他不说，没有人知道他是干什么的。

20世纪90年代，每逢大年初一，谭先华都会按例去磁器口摆面人摊。一来是那里游客多，二来是春节氛围好。那些年，春节期间出售的面人稍贵一点。最贵的2元1个，一整天卖下来，至少能挣80元。别小看这数字，整个春节做下来，在当年是一笔很可观的收入。要是捏得好，游客还会多打赏几毛钱。那些年，唐僧、孙悟空、猪八戒、哪吒、米老鼠等造型的面人，很受人们喜爱。

传统的面塑手艺，最快两个小时左右就能把面塑材料配好，所以，以往每逢春节，谭先华都是清晨6点就起床配料，然后赶在上午9点前抵达摆摊点，等待顾客上门。

传统的面人，容易开裂、发霉、变色，多则保存一个月，少则一天。眼看辛辛苦苦捏出来的面人很快就发霉生斑，谭先华感到一种挫败。变质后的面人，失去保存价值，令顾客失望。基于此，他尝试对原配料进行改良。他钻研了好几年，终于获得了成功。他在面中加入糯米，还混入一些常见的食物作为添加剂，形成了谭氏面塑独门配方。现在，他手里捏出的面人不仅结实，还不会开裂，即便重重地摔在地上也不会损坏。最重要的是，他的面人不再发霉，能长期保存。

在配料环节，他非常讲究。第一天烫面，24小时后蒸面，蒸好后再放置15天。早期的染料已被食用色素替代。小孩子是面人的忠实爱好者，如果配料不好，小孩子触碰后皮肤会过敏。曾经捏面人的困惑，都在他的不断创新中迎刃而解了。

2015年，文化部要选一部分民间艺人到澳门进行春节期间的文化艺术交流。当时，谭先华和另一位天津的面人师傅呈现了同台PK的场景。谭先华捏的面人摔不坏、不腐烂，最终入选去了澳门。那半个月的艺术交流，让他感受到人们对传统文化的热爱，也坚定了他传承和发扬面塑手艺的信心和决心。

近10多年来，谭先华带着重庆面人去过德国、哈萨克斯坦、英国、西班牙、土耳其等国家，重庆面人受到外国友人的喜爱。

谭先华发现，相比买面人，外国人更看重学习制作面人的过程。同时，他也发现，当被邀请到一些中小学授课时，孩子和家长会为此感到惊喜，对捏面人很有兴趣。有很多人说，传统民间手艺终究会面临失传，但谭先华不这么认为。从人们眼下的喜爱程度来看，这些手艺是有需要、有必要传承的，只是要在传统基础上与时俱进。因此，谭先华又针对自己的传统手法进行了改良升级，把老重庆人弹棉花、吃火锅、逛解放碑、肩挑背扛等市井文化，融入了面人作品中。他的手似乎越来越软，越来越灵动，思维也越来越活跃，创作灵感源源不断。就连谭先华的爱人和女儿也深受感染，加入了他的行业。

现在，谭先华每周都要去重庆市人民路小学、沙坪坝71中、枇杷山小学等学校授课，只要孩子们喜欢，他会把所有技艺毫无保留地教给孩子们。这门民间艺术，需要更多的人学习，才能传承和弘扬。

令他感动的是，一位执着的家长，带着孩子多次上门拜师，却恰逢他不在家，孩子家长又多次写纸条贴在门上，希望孩子能拜他为师。令他欣慰的是，云阳县龙角小学校长带领20多名教师，来他的培训部学习传统面塑技艺。令他自豪的是，许多学习了面塑技艺的小朋友，能捏出他们心中向往的卡通形象，小黄人、皮卡丘、企鹅、猪猪侠，以及宫崎骏笔下的龙猫等，孩子们的想象力在进发，面塑技艺得到了传承与发展。于是有诗赞曰：

非遗面塑一奇葩，赶水渝州传万家。

仪态丰盈全手捏，姿形瘦削凭心划。

皮卡悟空逗人爱，烈马奔奔喜客夸。

善学艺高名气远，弘扬文化尽思遐。

第五节 指点迷津——李安艳

　　她行走在深冬的寒风中，行走在春天的夜雨里，不为自己，而为那些曾经失足之人。

　　她用心光照亮别人，用辛劳燃烧自己。她在工作中感悟到，生命应该和奉献连在一起，心中流出来的真情，能温暖迷途而知返之人。在他们走上正道和感受家庭幸福的欢乐中，体现着共和国一个最基层党组织书记的为民服务的价值与情怀。

　　她叫李安艳，是赶水镇一居社区党支部书记，更是社区矫正、刑满释放人员心目中的好大姐。

　　赶水镇位于綦江南部，交通发达，是重要的交通枢纽和渝黔边贸重镇。因流动人口多、治安环境复杂，社区矫正人员和刑满释放人员一度较多。

　　2004年，李安艳当选为赶水镇一居社区党支部书记。一开始，李安艳对辖区内社区矫正人员和刑满释放人员避之唯恐不及，认为教育和改造他们是司法机关和公安机关的事儿，与她无关。因为很多人都是违法、吸毒者，她心里对这些人总是畏而远之。从对社区矫正人员和刑满释放人员避之唯恐不及，到成为他们口中的好大姐，是什么让李安艳有了如此大的转变呢？

　　2005年，李安艳的辖区内有一个刑满释放人员，因涉嫌参与一起刑事案件再次被捕，家中70多岁的老母亲老泪纵横，提着给儿子准备好的铺盖，瘫倒在李安艳面前说："李书记，我的家完了，我活着还有什么意思哟！"从那

○ 赶水桥城广场石刻

一刻起，李安艳觉得她以前做错了，不应该不管他们。当时她很后悔自己的不作为，如果刚开始就及时计那名孩子重新走上生活正轨，可能他就不会再去犯错，就不会让一个幸福的家庭破碎。从此以后，李安艳在做好社区普通居民工作的同时，下决心要引导这类特殊居民迷途知返，走上生活的正道。

每次面对前来求助的社区矫正人员，李安艳都从分析他的案卷入手，与其谈思想、讲法规、谈法纪、说未来。可不久，李安艳发现用常规方法很难让他们敞开心扉。为了更好地做他们的思想工作，李安艳买来《犯罪心理学》《勇于改错》等书籍，一边自学理论知识，一边掌握谈话方法技巧。在她看来，这类特殊人群有许多共同的特征，比如法律意识淡薄，面临家庭或者生活危机容易受周围环境的影响等，回归社会后因为有前科，没有重新生活的信念和技能，所以最关键的还是打开他们的心结，帮助他们树立开启新生活的信心与勇气。

每次遇到需要心理疏导的人员，李安艳总是耐心沟通、认真劝导，以心换心、以情动情。久而久之，她把这些工作经历整理记录下来，形成了《心语交流》《人生谋略》《助你成才》等三本小册子。当翻开这几本册子，就能看到许多鼓励人的话语，也有李安艳自己的一些感悟，很有正能量。

有一次，因盗窃被判刑的刑满释放人员张某回家后发现自家的土墙危房早已

○ 赶水桥城广场盛开的三角梅

倒塌，妻子带着孩子也已远走他乡。众叛亲离的他走投无路，失声痛哭。张某找朋友借了 6 元路费，来到一居社区找到李安艳。面对张某的求助，李安艳在安慰他的同时，四处为他联系工作，经过多方牵线搭桥，终于为他在重庆一个建筑工地找到了工作，并资助他路费让他踏上打工之路。打工三个月后，张某便攒了 1 万元。回到赶水，张某说什么也要感谢李安艳，但被她婉言谢绝了。

在李安艳 16 年的服务生涯中，这样帮助他人重获新生的例子数不胜数。

2015 年 12 月的一天，李安艳来到赶水镇双龙村，回访她长期沟通的吸毒人员李某。李某当时只有 33 岁，离婚后独自抚养小女儿，由于吸毒，多次被公安机关强制戒毒。在李安艳的谆谆告诫下，李某发展起了种植、养殖业，养了 100 多头羊，收获了 1 万多斤萝卜。一年后，李某仅仅卖羊就挣了 7 万多元，脱贫致富。

2015 年夏天，李安艳在开导完 20 多岁的马某后，临别时特地送了他一双亲手缝制的布鞋，礼物虽小，但表现了她对他的真心关照、倾情相助之情。原来，马某父亲早逝，母亲组建了新的家庭，对他疏于管教，致使他逐渐养成了小偷小摸的坏习惯。一次，马某因盗窃财物被公安机关抓获判刑。刑满释放后，李安艳把他请到家中促膝谈心。当问及他今后的打算时，他说出了心中的愿望：开一家皮鞋店。李安艳针对他的愿望，从资金、技术、当前面临的困难进行分析，指出借款 10 万元开店风险太大，可能还得面临亲朋好友的不信任及资金、技术等难题。她语重心长地和他分析，最好的办法就是先找一份工作，脚踏实地一步一个脚印去实现梦想。为了让他尽快工作，李安艳推荐他学习焊工。一个月后，马某拿着 5000 多元薪金高兴地找到李安艳，告诉她说，他为了学习电焊技术，加班加点，有时通宵达旦。由于他肯吃苦，教他的师傅很喜欢他，他也非常珍惜这来之不易的工作。李安艳看着双手满是血泡但又充满朝气的阳光青年，为他走上正确的人生路而倍感欣慰。

从那以后，李安艳每开导一个人后，都会赠送一双她亲手缝制的布鞋。

为了更好地开展志愿服务工作，2018 年，李安艳考取了助理社会工作师证书。2021 年 4 月，李安艳还在社区探索建立社会工作室，运用社会工作方法，为社区群众提供社区矫正、心理咨询、矛盾调处等服务。

边贸镇，一社区，赶水古渡边，李安艳像一棵遒劲的黄葛树，荫护无数迷途之人。李安艳用以心换心的方式，倾真情引导失足人迷途知返，十六年坚持不懈。她的崇高，在于竭尽所能，持之以恒；她的伟大，在于照亮别人，乐于奉献。于是有诗赞曰：

> 待人接物意真纯，民众关怀视己亲。
> 风里知寒怜困老，雪中送暖抚孤贫。
> 曾添春色迷途返，再展宏图勇创新。
> 奉献真情彰美德，春风化雨显精神。

第六节　守望校园——令狐克洪

　　我们歌唱九月，因为这是老师永恒的节日。我们牢记九月，因为有莘莘学子真诚的表白。九月，是只情满四溢的杯子，我们用双手高高地举起，一片真诚的祝福声中，请老师干杯。

　　一缕缕白发，是您走过的岁月沧桑；一道道皱纹，是您谱下的精彩华章。呕心沥血育英才，是您无私的奉献；栽桃培李遍天下，是您执着的理想。

　　这里讲述赶水教育战线上的一个"1+1=1"的故事，就是 1 名教师，1 个学生，组成 1 所学校。这名教师，名叫令狐克洪，生于 1957 年 9 月，在赶水镇太公村小整整教了 41 年的书。在与学生朝夕相处的那份宁静中，闪耀着人类灵魂工程师的灿烂光芒。

　　1976 年，令狐克洪高中毕业。当时太公学校一名叫陈开金的教师生病了，学校正缺少教师，就请令狐克洪去代课。就这样，令狐克洪开始了教书生涯。他当时是村上的文化人，在学校代课，村上给他算全劳动工分，每个月还能领到 6 元钱的补助。后来，根据政策规定，令狐克洪在学校转正了，成了有编制的老师，并评了中级职称，还当上了太公村小的负责教师，扣缴五险一金后，每月还有 4000 多元的收入，他感到很满足。

　　太公学校，起初只有 5 间土房教室，曾经有 6 个小学教学班和 2 个初中班，有教师 12 人、学生 300 多人。教室不够用，学生上下午轮流上课。

　　1996 年，学校改建，土房变成砖房，办学条件逐年改善。2000 年过后，当

○ 诗意渡口

地生源逐年减少，太公学校办学规模不断萎缩，从一所完全小学到只有 5 个教学班、4 个、3 个……2016 年秋季开学时，太公学校仅有 2 个班 2 个学生。二年级的是名女生，叫张莹双，三年级的是名男生，叫谭陆森。令狐克洪于是搞复式教学，两个年级两个孩子一并教。

2017 年春节过后，张莹双转学到赶水小学，学校只剩下一个学生——谭陆森一家 9 口人，四世同堂，负担很重，家庭困难，不愿转到离家远的学校。

只有一个学生的学校，日子过得十分简单。早上，令狐克洪站在学校后面的公路边张望，迎接这个唯一的学生。令狐克洪已经不用电子打铃器了，只有一个学生，减少了很多形式上的程序。上午 4 节课，下午 2 节课，一堂也不少，只是根据谭陆森知识的掌握情况，适当提前和延后几分钟。每天上午上课到 11 点半，令狐克洪就给谭陆森安排一点作业，然后他到旁边的厨房淘米蒸饭。12 点钟，上午课程结束，令狐克洪又回厨房，弄个炒肉、汤菜、凉菜等，师生一起就餐。谭陆森早晚在家里吃，中午在学校吃一顿，令狐克洪吃什么他就吃什么，但他吃的午饭，不用交一分钱的伙食费。

教室讲台上，谭陆森的作业本一字排开，摆放得整整齐齐。听写本、写话本、生字本、数学课堂本、语文课堂本、家庭作业本等，应有尽有。只有 1 个学生，与其说上课，不如说是一对一地辅导。一个问一个答，一个做一个改的课堂，效果非常好。谭陆森的教辅资料，是令狐克洪出钱订的。为了帮助谭陆森掌握知识，令狐克洪还出钱买了《一课一练》，以检测学生的学习能力和水平。

在课间、午休时，师生俩还会一起做游戏，或打羽毛球、打乒乓，两个人的学校也井然有序。放学了，令狐克洪将谭陆森送到公路上，目送他回家。

令狐克洪上课期间，一直住在学校。家即学校，学校即家。每天下午 3 点钟放学后，令狐克洪则扛起锄头，在附近农民家的土地上种一些绿色蔬菜。星期一从镇上到学校，令狐克洪会买足 2 天的菜，剩下的 3 天，令狐克洪自给自足——自己种。晚上，一部智能手机成了令狐克洪和家人、朋友沟通的最好工具……

感谢老师，是您赐予我们知识。在那百花盛开的春天，我愿化作明媚的阳光，为您增添几分光彩。在那烈日炎炎的夏季，我愿化作一把大伞，为您遮住那酷热的阳光。在那树叶飘落的秋季，我愿化作一件大衣，为您取暖。一寸一寸的粉笔，染白了您的头发，腾然而起点燃成烛照亮别人。令狐克洪坚守三尺讲坛四十多年，送走了一批又一批学子，充分彰显了人民教师的园丁本色和无私奉献精神，永远值得人们钦敬。于是有诗赞曰：

孜孜传教不曾休，四十年华任水流。

三尺讲台浇热血，一支粉笔写春秋。

蚕丝吐尽深情付，烛泪燃干夙愿收。

有志人生经雨雪，衰斑白发壮心酬。

第七章 民间美食

【导读语】

广厦千间，夜寝不过六尺；腰缠万贯，日食不过三餐。世界上最治愈身心的东西，第一是美食，第二是文字。当美食遇上诗人，山珍海味，纷纷化身为诗。美食滋润舌尖，文字温暖心灵。人生在世，美食与诗不可辜负。作为桥乡赶水，美食是诱人的，也是独特的。赶水萝卜干、赶水豆腐乳、余家米粉等，让人们在阅读中品味，在品味中感悟，在感悟中深情，在深情中热爱，美妙的滋味，自舌尖直至灵魂，点燃热爱生活的激情，品尝生命的美好、岁月的久远。

第一节　赶水萝卜干

桥乡赶水的美，被石房村的田地孕育出了一种得天独厚。种植的草兜萝卜，像抹了青春的色彩，丰满、鲜嫩，有一种原生态的美味可口。那别具一格的萝卜，让广阔的田野充溢着特殊的香味，充满视觉和嗅觉的诱惑，引无数体验拔萝卜的游客欣喜若狂。诗人犁铧的笔，写下了令人神往的诗句："不醉美酒醉萝卜，生熟两吃总宜人。"

赶水草兜萝卜的种植已有一千多年的历史。赶水萝卜干就是用草兜萝卜制作而成的，它的传统制作技艺被列为重庆市非物质文化遗产，而赶水石房村的王金安则是这项非物质文化遗产的代表性传承人。

王金安于 20 世纪 50 年代就跟随父母学习家族传统萝卜干制作技艺。1994年退休后，本该安享晚年，但他仍对小时候学习的萝卜干制作技艺念念不忘，于是充分利用家乡草兜萝卜做原料，创办了赶水红星农产品公司，加工经营传统制作技艺的萝卜干。

从萝卜选材、清洗、切条、风干、拌料、装坛等一系列工艺流程做起，他指导、传艺骨干人员，使家传萝卜干制作技艺得到有效传承、发展和壮大。

赶水萝卜干制作技艺第一代传承人为王忠发，男，生于 1894 年 2 月，1911年 9 月家传学艺；第二代传承人为王正富，男，生于 1912 年 6 月，1927 年 8 月家传学艺；第三代传承人为邓红素，女，生于 1921 年 7 月，1931 年 8 月家传学艺；第四代传承人为王金安，男，生于 1937 年 9 月，1953 年 10 月家传学艺；第五代传承人为王波，男，生于 1967 年 5 月，1987 年 10 月家传学艺，现为赶水萝卜干制作技艺骨干传承人。

赶水萝卜干以当地出产的草兜白萝卜为主要原料，制作成的产品有麻辣鲜香、味道甘甜、生脆化渣、容易消化等特点。

它的主要制作工艺过程如下：

挑选原料——选择外形圆滑、色泽雪白、个头肥大、口感好、食无渣的草兜萝卜。

处理风干——先用清水洗净草兜萝卜，剔除老根、老筋、黑皮，切成细丝，自然低温风干，水分含量降至 10% 左右。

盐渍装坛——在风干的萝卜丝中撒上一定比例的食盐，拌和均匀，装入陶瓷坛中，密封坛口。

○ 重庆市现代农业产业园草兜萝卜基地

○ 自然风干的萝卜干

脱盐脱水——将盐渍后的萝卜丝滤干，放入脱水机内，脱盐脱水15—20分钟，直到捏不出水为止。

调料拌匀——严格按照配方和剂量要求，将调制好的拌料加入已经脱水的萝卜丝中拌和均匀。

称重灌装——将萝卜干成品按计量要求，装入铝塑复合袋中，然后进行真空处理。

杀菌消毒——将真空包装好的萝卜干放进85—95度的杀菌池中，盖上盖子，杀菌15分钟，然后放入冷却池降至常温。

打码装箱——将冷却后的袋装萝卜干晾在竹床上自然风干，然后打码装箱。无添加剂，保质时间可达1—3年。

王金安从2000年独自开办农产品开发有限公司至2022年，公司年产值上千万。赶水萝卜干成为綦江地方特色品牌，产品走进许多超市，供不应求，十分受消费者喜爱。

2005年11月9日，赶水萝卜干荣获第十二届中国杨凌农业高新科技成果博览会"后稷奖"。

2006年1月，赶水萝卜干荣获重庆·中国西部农产品交易会"最受消费者喜爱产品"称号。

○ 重庆市非遗产品萝卜干制作场景

2006 年 11 月 9 日，赶水萝卜干荣获第十三届中国杨凌农业高新科技成果博览会"后稷特别奖"。

2009 年 2 月，赶水萝卜干荣获綦江县"知名商标"。

2010 年 1 月，赶水萝卜干荣获重庆"名牌农产品"称号。

2011 年 3 月，赶水萝卜干荣获重庆市"著名商标"称号。

2011 年 10 月，赶水萝卜干荣获第九届中国国际农产品交易会金奖。

2013 年 6 月，赶水萝卜干荣获重庆市"名牌农产品"称号。

2014 年 9 月，赶水萝卜干被评为中国农产品加工业投资贸易洽谈会"优质产品"。

2019 年 9 月，赶水萝卜干制作技艺被列为重庆市非物质文化遗产。

2022 年 5 月，王金安被评为赶水萝卜干制作技艺市级非物质文化遗产代表性传承人。

　　广大消费者十分喜爱的赶水萝卜干，是挂在藤蔓上，在自然温差下相互照亮相互取暖的记忆的灯盏。那萝卜干的醇美，是生命的浓缩。于是有诗赞曰：

　　　　草菀萝卜盛名扬，制作丝条脆辣香。

　　　　世上珍稀成贡品，人间美味献君王。

　　　　今朝屡见庶民桌，佳节常登大雅堂。

　　　　肥沃乡村良土种，化渣炖肉赛参汤。

第二节　赶水豆腐乳

从重庆到赶水，从热闹到清静，赶水豆腐乳现身每一个角落。诱人的气质，成就了赶水的独特。

据史载，赶水豆腐乳的制作历史，可追溯到唐太宗时期，距今达 1400 多年。解放前，赶水是綦江的边贸重镇，素有"霉豆腐之乡"的美誉。不管场镇居民，还是乡村群众，每家都会自制"霉豆腐"，作为餐桌上一道常备的家常特色菜。

清末，"霉豆腐"产地向綦江北部、贵州桐梓、遵义一带扩展，成规模的作坊达 60 多家，其中赶水占 55%。有民谣云："赶水霉豆腐，有它就有我；闻起臭来吃起香，三天不吃心发慌。"现在綦丰农产品开发有限责任公司生产的赶水豆腐乳，进入重庆大型超市，销往城乡千家万户。

赶水豆腐乳生产历史悠久，是传统农产品手工酿造的典型代表。选取地方所产青豆制成豆腐块，经过两次发酵，按不同风味添加不同佐料而成。整个生产过程有 30 多道工序，其主要包括：

豆腐坯制作工序。采购颗粒饱满的青豆，去除杂质或泥沙，水浸，清洗，浸泡，磨豆，煮浆，滤浆，点浆，控制盐卤浓度，控温，控制添加凝固剂的速度，养花，压榨，按规定划豆腐坯块。

豆腐坯发酵工序。前期发酵，准备豆腐坯、检查菌种、制备菌种悬浮液、规定摆块数量、多层培菌床制曲、发花、凉花、搓毛；后期发酵，腌坯、配料加黄

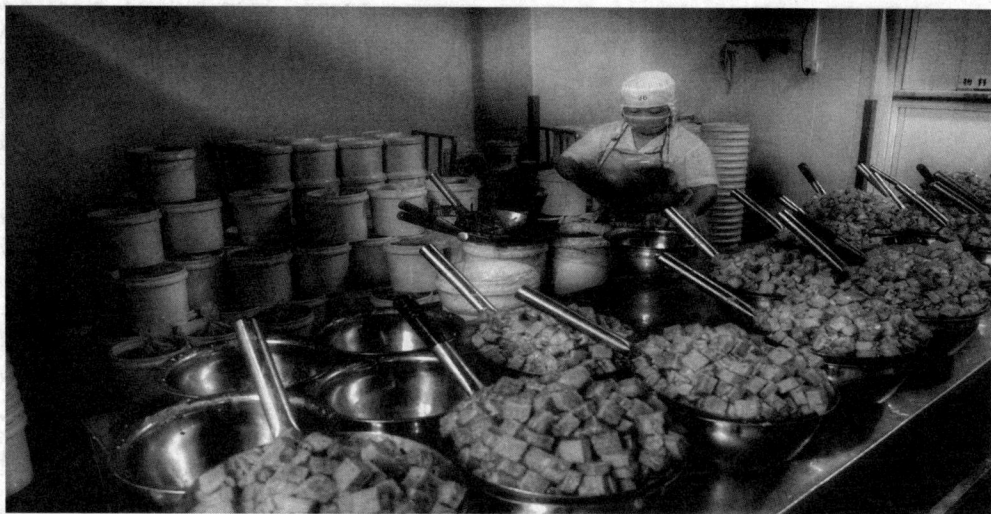

○ 从发酵坛中拿出的豆腐乳

酒和高粱酒以及红曲、容器消毒、配制卤汤、装坛（瓶）、封口、后熟贮藏。

添加配料。酒酿卤、黄酒及高粱酒，其中含有糖分2.5%、酒精12%，加红曲、酒酿卤，然后磨制成红米浆，即可制成红腐乳。按品种不同，添加不同辅料，能做出不同风味的腐乳。

腐乳成品。开坛，二次配料，灭菌分装，封口，贴标签，分装包装盒。

赶水腐乳酿制的主要流程及所需器具有：

豆腐坯制作器具：筛子、清洗缸、泡豆缸、石磨或砂轮磨、铁锅、木瓢、布袋、木耙、广勺、杠杆式木制压榨床、豆腐箱套、榨板、划刀。

豆腐坯发酵器具：培菌房、发酵笼、培菌床。

腐乳后熟制作器具：土陶坛、坛盖、配料缸、木桶、木瓢。

腐乳成品盛装器具：小土陶坛、坛盖、玻璃瓶、瓶盖、封盖机、标签、包装盒。按风味可分为本味、麻辣、回香、鲜椒腐乳等；按干湿可分为汤卤豆腐乳和干腐乳等。

赶水腐乳酿制的主要特征有：

水源特征——赶水腐乳的优秀品质，很大程度上得益于赶水的优良水质。赶水区域植被良好，拥有藻渡河、洋渡河、松坎河等河流，水源充足、水质清冽，适合豆腐坯的制作。

○ 正在装瓶的豆腐乳

原料特征——酿制腐乳选用的是赶水盛产的青豆，成浆浓度纯，豆腐坯表面光滑，有弹性，晶莹剔透。

技艺特征——腐乳酿制从原料加工到成品有30多道工序，全由手工操作而成。长期以来，腐乳酿制技艺全靠家族或师徒传承，世代相传。如今虽然有关腐乳的技艺流程已刊在不少报刊之中，但真正具有特色的腐乳技艺，是在一代又一代传承过程中日益丰富和完善的。原料加工大都采用手工制作、天然发酵，全凭传统经验掌握酿制火候。

产品特征——外观腐乳块有光泽，切面细腻而略带微糯；入口酥软鲜嫩，清香爽口，回味绵长。

赶水豆腐乳是重庆著名特产。曾荣获全国第十二、十四届中国杨凌农业高新科技成果博览会"后稷奖"，荣获重庆市"最受消费者喜爱产品"和"最受消费者欢迎产品"荣誉。

或许是嘴馋才向往美味，或许是喜欢才会钟爱。赶水腐乳，是真实存在的人间美味，显示着籍贯与品质，让人铭记它的产地，写下地道的浓、纯、味和传统的技艺。

当人们有了足够的认知与喜爱，赶水腐乳的生命才会有青春永驻的色彩。于是有诗赞曰：

> 夜郎溪畔蕴精华，腐乳名牌众口夸。
> 科技创新添锦绣，慕丰研发辅桑麻。
> 耕耘数载经寒暑，誉赞多年播迩遐。
> 儒雅巴渝传诵远，诗人正是大商家。

第三节　余家米粉

　　桥乡赶水，美食丰富，米粉之盛，蔚为大观。赶水米粉的历史悠久，赶水人对米粉的喜爱，犹如酒徒之爱酒、情侣之热恋。举目桥乡，年无分老幼，身无分尊卑，皆好食米粉。无米粉不乐，无米粉不欢，一日不可离，四季莫能断。日无米粉则心不专，夜无米粉则寝难安。于是赶水余家米粉声名鹊起，慕名前来者络绎不绝。

　　每天早上，赶水镇铁石垭那段公路上，总有一长串小车，像一条长蛇般停靠在路边，前一辆刚开走，后一辆又靠了过来，就这样一直持续到中午。这些吃客们，就是冲着美味的余家米粉，从几十公里外专程驱车来一饱口福的。

　　余光书继承了家传一百多年的手工米粉制作技艺，1982年春节时在铁石垭开了家米粉店，一炮走红。凡来吃过米粉的人赞不绝口，口口相传，声

○ 赶水铁石垭余家米粉馆

名远播。她的三个儿女学会了这门家传手艺后又在铁石垭开起了几家分店，每家都门庭若市。发展至今，余家米粉已成为赶水地区一个响当当的传统美食品牌。

余家米粉的粉质好。它是用桂朝米纯手工制作的，不加任何食品添加剂。人们喜欢吃这个，也是因为余家米粉的真材实料。只有桂朝米制作出的米粉，才具有柔长不断、不浑汤、耐煮的特性。

余家米粉用的桂朝米，来之不易，成本比较高。原来，农民种植桂朝米亩产量低，煮的饭口感差。近些年来，赶水地区的农户都改种其他产量高的水稻了。做余家米粉就只有专程到成都去购买高品质的桂朝米。本来普通大米加上某种食品添加剂，也可以达到桂朝米做出的米粉韧性，但是绝对没有桂朝米特有的米香。为了保证货源，他们还和成都的农户签订了收购合同，每个月都要到成都购买一次桂朝米。

米粉加工是一门传统的手艺。余家米粉，全凭手工制作。要经过浸泡米、打浆、上绷子、蒸、晾、切条等若干程序，每一个细节都关系着米粉质量。他们每天下午加工 200 斤米粉，上午卖米粉，中午卖完就收摊。

关键的技术有三点：一是打浆。要用浸泡 4 个小时左右的生米和煮好的桂朝米饭混合打磨。生米浸泡的软硬程度、生米和米饭的比例、打浆时掺多少水等都得靠经验掌控，打出来的米浆浓度适宜，才能制作出上佳的米粉。二是上绷子。绷子是用楠竹条编成直径近 1 米的竹圈，纯棉布紧绷在上面做成的器具。米浆舀在绷子上，就要迅速摇晃，让米浆均匀地铺在绷子上，然后架到锅上蒸。这个过程，需要快、匀、薄。动作慢了，米浆的水分就会渗过棉布，米粉缺水分会影响质量；米浆铺得不均匀，米粉就会粗一段细一段的；至于厚薄，要以蒸好后米粉略微透光为好。三是晾晒。说是晾晒，却绝不能让阳光曝晒。温度高了，蒸好的米粉水分收缩过快，就会卷边、断裂，因此要选择自然通风的环境，晾一定时间。米粉的干湿就全靠晾晒时间的长短来掌控，不同季节、同一季节的不同天气，晾晒时间都有讲究。

余家米粉，不仅米粉好，而且在米粉的汤汁、臊子、佐料上也很有自己的特色。

1991 年春节，在赶水工商所的推荐下，余光书带上工具和做好的米粉、臊子等赶到綦江，代表赶水饮食行业参加了全县首届"綦江名特小吃展销会"。余家米粉的独特技艺、鲜味和美味，在展会上吸引了数百名群众前来品尝。赶水余

○ 余家米粉

家米粉获得了"綦江县名优小吃"的称号。

一条条米粉，那是一缕缕乡情；一碗碗米粉，那是一道道沧桑。

米粉如一首歌，唱出了悠久的历史，唱出了独特的风景；米粉如一条河，淌过了雄奇的青山，淌进了美食的旋涡。

穿过熙攘的车流，就穿越到儿时的记忆，对一碗米粉的怀念，足以延伸人生的长度。周而复始地来回奔走，是念兹在兹的味道，是因为血脉的牵绊和等候。寻访足迹，留下慰藉，赶水余家米粉就是永远的眷恋与乡愁。于是有诗赞曰：

嫩滑长条如玉片，重重叠叠碗中堆。

香辣飘溢馋心起，佐料芬芳食指开。

虎咽狼吞津速动，白云舌卷味堪回。

綦江特色闻遐迩，此物追寻应为魁。

第八章 诗词歌赋

【导读语】

诗词歌赋用心雕，艺海怡情不辞劳。妙笔飞花抒雅意，婉约豪放任逍遥。王金安是个军人，与敌人殊死搏斗，与战友笑傲疆场；王金安是个商人，六十岁燃起创业之火，打造品牌享誉全国；王金安是个诗人，已著《向太阳》诗集三部，对诗词有执着的情怀。从『王金安诗词选』中，可以看到他把工作与生活融入诗情。重庆唐学荣等20多位诗人，对赶水这方热土也情有独钟，曾到此采风体验生活。从『重庆诗人诗词选』中，他们对儒商诗人王金安、赶水草蔸萝卜、赶水萝卜干、赶水豆腐乳等，热情洋溢地歌之颂之，彰显赶水人杰地灵、物产丰富……

第一节　王金安诗词选

水乡

水乡如画，山色空蒙。

清江碧绿，银桥彩虹。

花香蝶艳，柳绿桃红。

香山顶上，览望芙蓉。

景美醉客，锦绣华浓。

【注释】

水乡：指綦江区赶水镇，镇境内有綦江河、藻渡河、双溪河等纵横交错，水网密布。

石房子

石房石料砌，稽古数百年。

孝子依由建，浮沉不复还。

【注释】

石房子：位于綦江区赶水镇石房村，修建于清乾隆三十三年到四十八年（公元1768—1783年），前后历时15年之久。工程量浩大，规模宏伟，在重庆南部，实属独一无二的建筑。现因年久失修，有一部分已塌毁，但许多石雕仍保存完好。

○ 赶水水乡景致

水月街

昔时水月街，幺妹步花鞋。

甜嘴人皆爱，八方贵客偕。

【注释】

水月街：指綦江赶水镇谢家街，旧时行客路过歇脚、喝茶、休闲的地方，又叫长店子。

赶水家园

一

门前多月季，盆景茂幽兰。

茉莉香邻里，家家绿色园。

二

后院养家畜，鱼儿戏水潭。

自栽蔬菜果，康健寿延年。

香山秀

香山景色幽，溪水向东流。

飞溅山泉壁，峡幽猴嗓留。

金龟沙暖睡，紫燕筑檐楼。

淑女蹁跹舞，妪翁歌亮喉。

【注释】

香山：指綦江区赶水镇香山村，辖区面积 10 平方公里，共 1336 户 4551 人。经济收入以种植、养殖为主，主要产业以种植草苑萝卜等蔬菜为主。

水月街风情

水月桥西石径斜，空蒙雨露润千家。

杜鹃欢叫炫春色，十个乡姑九不差。

桥乡行吟

阳春三月下桥乡，水秀山清好景光。

大小桥梁连两岸，坦途车辆畅边疆。

赶水风韵

烟波缥缈打渔舟，三江汇合向东流。

桥水相映连天澈，岸边尚可观吊楼。

赶水场镇

进场美景入眼帘，数座银桥水接天。

旧时岳庙香烟绕，而今灯火映江间。

○ 赶水三桥同框　　　　　　　　　　　○ 桥乡农家

桥乡人家

远上南山路径斜，沟深峡美有人家。
顽童溪畔捉鱼乐，靓妹旁边手摘花。

赶水甜竹

水乡竹笋世间奇，妙厨犹须手艺师。
美味招来天下客，金樽酒满赋新诗。

赶水名优食品

翠瓶插簇牡丹花，腐乳弥香众客夸。
粽子尖尖朝北斗，丁山绿茗味不差。

赶水腐乳香

浓郁醇芬腐乳香，食之祛病似偏方。
品鲜佐味增长寿，福体清欢享太康。

游三江

条条小溪汇三江，汹涌波涛入海洋。
闪闪银光湖景美，万家灯火庆吉祥。

【注释】

三江：綦江赶水旧时有夷溪、夜郎溪、僰溪，现有坡渡河、松坎河、双溪河。

观三江

黔渝古道远流长，碧透清泉绿草芳。
欲动渔舟风起荡，山花灿烂遍三江。

赶水特产

草蔸萝卜吃来香，代代传承有秘方。
质量双优蕴特色，曾经朝贡世流芳。

○ 第十届草苑萝卜消费季重庆诗词学会诗人采风合影

赶水萝卜节

萝卜节会盛前空，百姓辛勤把瓦添。

党的政策年年好，脱贫致富喜人间。

故乡即景

修塘筑路夺丰粮，技术兴农民富强。

养鸭培鸡成特色，林还耕退牧牛羊。

赶水太公山

浩瀚水乡赏景观，兰香幽谷艳阳天。

田园山色桃千树，燕舞芳华饰秀川。

打造赶水品牌

山沟飞出金凤凰，食品上佳响四方。

十年荣获两大奖，名优品牌优势强。

水乡情

一

桥乡赶水我故乡，报国赴滇守边疆。

卅年解甲回桑土，温饱依然感叹伤。

二

僻乡环境皆无惧，扎寨农村为小康。

创办新型合作社，脱贫办企有良方。

三

兴农科技来精进，省力机耕得改良。

产品增值民富裕，复兴筑梦为兴邦。

访石房村走金光大道

一

地肥水美沃田多，遍种萝卜播数坡。

奋进与时同携手，乡村富裕变金窝。

二

搬入新居华灯亮，广场宽阔众人歌。

兴农科技做支柱，绘出蓝图奋织梭。

三

萝卜节展壮奇观，人海如潮尽乐欢。

土味溢香农户笑，喇叭高唱绩扬喧。

四

图强奋发跟随党，农业应当科技先。

食足衣丰民富裕，千村万户齐并肩。

五

夜幕华灯照石房，大屏彩电挂中堂。

冰箱空调样样有，别墅豪华油路长。

六

乡村公路道平宽，下雨出门泥不沾。

屋后房前桃李艳，欢歌笑语乐翩跹。

七

新修水利垒池塘，旱涝保收多产粮。
稻麦飘香仓粟满，牛羊肥壮售销忙。

八

石跳沟溪荡碧波，池塘鱼戏往来梭。
引来闹市垂钓客，对对白鹅舞羽婆。

再访石房村

一

日照霞飞袅绕烟，广场锣鼓笑声喧。
游人闲步观花景，垂钓鱼塘闲客欢。

二

果山林海望无边，致富脱贫弹指间。
飞落银锄勤奋斗，良田沃土变金山。

三

绿水青山天下秀，金银宝藏富流油。
田园诗意花开路，祖国繁荣喜上头。

○ 石房村便民服务中心

四

藏龙卧虎赞桥乡，赶水名牌吃得香。
萝卜脆甜红腐乳，神仙闻讯口涎长。

五

石房变富人知晓，处处荒山变成宝。
太白回天禀玉皇，人间比我天堂好。

六

道路回旋百里坡，交通便捷忙运输。
农村面貌崭新换，经济流通实惠多。

七

石房历史远流长，巧匠能工技艺强。
古迹景观今尚见，保存利用展辉煌。

八

石房儿女自当强，斩棘披荆筑路忙。
辟岭修桥天堑跨，乡道硬化贯城乡。

九

五谷丰登粮满仓，草苑萝卜誉桥乡。
曾经五进中南海，赶水声名扬八方。

【注释】

綦江区赶水镇石房村，原名和平村，辖区面积 7.6 平方公里，全村总人口 3050 人，辖 7 个村民小组。2008 年 12 月由原总支委员会改建为党委，成为綦江第一个基层党委，下设 5 个支部、10 个党小组，现有党员 108 人，入党积极分子 15 名。石房村在赶水镇党委、政府的大力支持关心下，先后完成了 17 公里的公路主干道水泥硬化，修建泥结石路 7 公里，硬化连户路 38 公里，新修水渠 16 公里，新扩建水库、塘、堰 11 座，新建村公共服务中心 700 平方米，新建文体广场 3000 平方米，改建巴渝新居危房旧房 120 户，95% 的农户饮用上了清洁的自来水。石房村党委先后被綦江区评为"五个好党委""先进基层党组织"。石房村 2008 年被市命名为"重庆市千百工程示范村""重庆市文明村"。2011 年被农业部认定为"全国一村一品示范村"，被市命名为"重庆市基层党组织示范点"。发展中的赶水草苑萝卜，先后被农业部农产品质量安全中心审定为"无公害农产品""中国绿色食品 A 级认证""中

○ 诗情画意的石房村

○ 秀美石房村

国有机食品认证"，多次走进中南海，成为国宴佳品。石房村的双石蔬菜股份合作社，被农业部授予"全国农民专业合作组织示范单位"，获得了"全国具有影响力合作社品牌""中国合作经济组织成就奖"等荣誉。

桥乡①行

银桥②座座通沧海，古刹③森森鬼见愁。

崖壁清泉银箭落，江中春水碧波流。

铁牛滚滚奔千里，淑女微微露笑羞。

梅雪迎春红杏雨，佳人弄粉戏江楼。

【注释】

①桥乡：指綦江赶水镇，因桥多而闻名，为渝黔边贸重镇。

②银桥：指铁路桥、公路桥，昔日还有铁索桥，多座桥连接而通四面八方。

③古刹：指赶水镇东岳府，昔时有三大鬼城，即丰都、洛阳、赶水。

新石房村颂

党的富民政策好，喜看河山换旧颜。

萝卜广场旗彩展，文明新貌遍家园。

小康富路逐奔向，科技兴农高产田。

宽敞小楼花景似，生活如蜜品甘甜。

秀美石房

乘车百里到水乡，沿着小路访石房。

萝卜广场宽又广，春暖花开好风光。

坝边水塘鱼儿跳，萝卜装车销四方。

一年四季花开放，漫山遍野花果香。

水乡感怀

明帝微服访水乡，楼台亭榭碧波塘。

雨滴荡漾清光映，日照飞泉汇大江。

松绿柏青葱郁处，杜鹃绽放吐芬芳。

桃花园里春风笑，景美人欢福寿康。

咏赶水草蔸萝卜

草蔸萝卜遍山坡，赶水扬名此物多。

植种经年传历史，形成产业唱高歌。

农人辛苦终回报，汗水殷勤未撂搁。

科技兴农方法好，绘出图画壮綦河。

○ 王金安和丰收的草蔸萝卜

第二节　重庆诗人诗词选

【唐学荣】中华诗词学会会员、重庆市诗词学会联络站站长、渝中区诗联书画院院长、綦江区诗词学会荣誉会长。

赶水名牌

赶水创名牌，闻香味道佳。

瓶装赏精美，优质榜前排。

綦丰产品

夜郎溪水向南州，古镇千年历史悠。

骚客儒商荣誉创，綦丰产品独称牛。

○ 赶水牌系列豆腐乳

○ 綦丰公司生产的赶水豆腐乳

赞儒商王金安会长（柔巴依）

（一）

赶水镇历史悠近邻桐梓黔边
矿产丰风光秀青山绿水蓝天
民风纯多贤达传奇人物辈出
王老出生在富饶美丽的大山

（二）

丹溪河蜿蜒几十里穿越岭峻
赶水场连接着渝黔交通重镇
山道拐旧时走马帮繁荣经济
求生计山民们辛劳盐茶贩运

（三）

少小时为梦想立志学习用功
头悬梁锥刺股彰显与众不同
凌云志树理想默默耕耘劳作
为祖国蓄能量暗暗藏于心中

（四）

满十九踊报名参军入伍戍疆
三月两脚走五千里到达怒江
投身于军营大熔炉成长锤炼
从军路血染风采让战旗飘扬

（五）

守边关卫国防壮丽青春奉献
保疆土战斗中冲锋陷阵勇敢
负重伤洒热血残存弹片头中
后遗症几十载疼痛毅力超凡

（六）

二八载岁月悠不舍脱下戎装
转业供电局不忘记军人担当
助城市惠乡村促进经济发展

公安科做党建曾经又是同行

（七）

六十岁已花甲本应离岗退休

闲不住王老又有了新的追求

自筹金五十万开办红星公司

二十年精打拼品牌辉煌部优

（八）

质量佳价格低口碑誉满市场

赶水牌注商标更有法律保障

豆腐乳色香萝卜丝清脆味美

大超市树立起王老慈祥形象

（九）

王老全身心关注着脱贫攻坚

下乡村帮贫困总是主动靠前

任书记践宗旨资助困难群体

为乡村致富常常地资助捐钱

（十）

赶水镇石房子帮扶成效斐然

供萝卜作原料梓里村民笑颜

十二月草蔸圆萝卜盛名远扬

到时候乡村行留下绝佳诗篇

（十一）

挥毫墨扬国粹喜爱传统诗篇

战友谊亲友情溢于字里行间

正能量歌颂新时代硕果累累

向太阳撰诗集很快再次出刊

（十二）

是商人亦骚客写出精美诗篇

曾军人任会长打造南州诗刊

当书记亦贤达让人敬佩赞颂

愿王老身心健幸福美满平安

【何星国】中国版画协会会员、重庆市诗词学会会员、綦江版画协会副会长。

赞吟友王金安

年少王君才俊郎，金筋铁骨戍南疆。

安康花甲创宏业，腐乳綦丰佑饭香。

耄耋诗翁心永壮，吟坛喜爱赋辞章。

仁慈乐善精神爽，助困帮贫美誉扬。

【罗毅】中华诗词学会会员、重庆市作家协会会员、重庆市诗词学会会员。

颂綦丰公司

綦丰优品产销忙，非遗传承美味扬。

玉汁腌豇随口脆，红油腐乳佐餐香。

晚成大器犹勤奋，早有初心共岁光。

带动三农倾力助，脱贫致富铸辉煌。

【仲树昌】中华诗词学会会员、重庆市诗词学会会员。

咏赶水腐乳

踏春赶水口留香，腐乳甘醇压众芳。

行伍归来风骚乐，创业觔劳富家乡。

○ 春光明媚

【严洪】中华诗词学会会员、重庆市诗词学会会员。

咏赶水草菀萝卜

草菀巧育土中珍,个大形圆白玉身。

只道当年多远贡,而今已入万家唇。

【田仁爱】中华诗词学会会员、重庆市诗词学会会员。

咏赶水豆腐乳

腐乳创名牌,钵装纹饰乖。

商标呼赶水,优品榜中排。

【温志龄】中华诗词学会会员、重庆市诗词学会会员。

赞赶水萝卜

中外驰名绮宴珍,草菀萝卜誉绝伦。

皮薄肉嫩舒脾胃,个大头圆爽气神。

昔日禁宫嘉礼献,如今餐馆靓蔬陈。

汤鲜味美家家爱,炒煮蒸煨俱养身。

【萧宗禄】中华诗词学会会员、重庆市诗词学会会员。

赞赶水牌豆腐乳

中国名优不简单,诗人创业倍艰难。

味鲜腐乳香豇豆,万户千家最喜欢。

【朱文伟】中华诗词学会会员、重庆市诗词学会会员。

题赶水草菀萝卜

翡翠披头着稻裾,醉生清洁赐家蔬。

寻常百姓寻常菜,名动京城墨客誉。

【李吉光】中华诗词学会会员、重庆市诗词学会会员。

咏赶水特产腐乳

诸国邻邦追异香,山珍海味不须尝。

千秋秘密千秋酿，百世承传百世藏。

赶水名牌惊独秀，王君腐乳诩群商。

金安一绝离贫困，银汉重霄歌太康。

【李正光】中华诗词学会会员、重庆市诗词学会会员。

赞赶水草蔸萝卜节

萝卜之王数草蔸，声名赫赫誉神州。

夜郎溪岸甘霖美，赶水山坡腴壤优。

窝种勤耕添喜悦，政援续展促丰收。

菜农销卖云端上，客户天涯网络邮。

【何刚毅】中华诗词学会会员、重庆市诗词学会会员。

风入松·赞儒商王金安

从军卫国戍边防。廿八年长。

戎装已脱心犹在，行军礼，志在前方。

昔日英雄虎胆，今朝独立綦江。

艰难创业细思量。意志坚强。

东溪腐乳萝卜干，赶水牌、企业希望。

再看军人本色，畅销祖国商场。

【皮维智】中华诗词学会会员、重庆市诗词学会会员。

赞故里儒商王金安先生

青山绿水茂榆桑，古镇东溪我故乡。

万级石梯盐道远，千株葛树画廊长。

德承端木遗风正，诗继维摩偏姓王。

遐迩争夸骚雅客，金安名盛一儒商。

【郑乃国】中华诗词学会会员、重庆市诗词学会会员。

儒商王金安颂

万寿宫周贸易酣，诗人王总一肩担。

年高八秩精神好，志气十分商业谙。

货柜整齐如列队，黑鹅别致似飞鹤。

随挑任选风萝卜，甘脆香鲜让我娄。

【何阳义】中华诗词学会会员、重庆市诗词学会会员。

咏赶水萝卜

莫道寻常一株菜，九天仙客亦徘徊。

蟠桃园里未曾种，赶水山头已遍栽。

遥识龙颜应大悦，只因贡品又新来。

人参枸杞终为药，不及綦江好食材。

【李伯骝】中华诗词学会会员、重庆市诗词学会会员。

赞赶水腐乳

赶水乳香袅，行情价格优。

喜来挑一罐，我也解乡愁。

○ 工作中的王金安先生

【邹世鸿】中华诗词学会会员、重庆市诗词学会会员。
赞赶水牌产品
缓缓綦河日夜流，常浇两岸得丰收。
王君慧眼识珍宝，赶水品牌行九州。
东溪铸就生财路，北渡撑来致富舟。
萝卜成丝天下赞，豆腐和椒信誉酬。

【康金厅】中华诗词学会会员、重庆市诗词学会会员。
咏赶水萝卜节
谁将玉种洒山坡，慈善勤劳赶水婆。
雨润青芽争破土，霜侵绿叶竞吟歌。
尊邀贺节夜郎喜，随赏题诗月兔酡。
佯醉笑因非我笨，心欢来自草菀萝。

【李迁鑫】中华诗词学会会员、重庆市诗词学会会员。
赶水牌腐乳颂
农优产品顶呱呱，赶水名牌第一家。
只要稍稍亲品味，馨香不已众人夸。

【刘光福】中华诗词学会会员、重庆市诗词学会会员。
王牌豆腐乳
赶水名特产，王牌豆腐乳。
美味下饭菜，梦中还舒服。

【易太清】中华诗词学会会员、重庆市诗词学会会员。
赞赶水牌豆腐乳
改革曛风吹不休，世间火热创名优。
綦河技艺古今巧，腐乳飘香誉九州。

【曾禾】中华诗词学会会员、重庆市诗词学会会员。

颂赶水牌豆腐乳

慕江南赶水，腐乳品牌优。

浓郁家乡味，佳肴赞一流。

【徐晓音】中华诗词学会会员、重庆市诗词学会会员。

题赶水牌腐乳

佳肴当数巴川美，赶水犹添一抹香。

黄豆酿成鲜腐乳，红椒磨入沸油汤。

但看筵上觥筹错，唯有此方品性扬。

麻辣穿心家里味，羁途拈取慰愁肠。

【陈芳钊】重庆市诗词学会会员、綦江区诗词学会会员。

颂赶水牌豆腐乳

腐乳慕丰产，佐餐余口香。

坛装精制作，四海有名扬。

○ 2021年赶水草苑萝卜消费季开幕式演出

　　"寻梦"与"赶水"这两个看似毫无关联的词汇，在我们的笔下交织成一幅幅美丽的画卷。它们不仅是我们对故乡的深情回忆，更是我们对人生，对梦想的探索和追求。在编撰这本书的过程中，我们仿佛穿越了时空的隧道，回到了那个充满童真和梦想的童年时光。《寻梦赶水》的字里行间都是我们对故乡风物的深情，对童年记忆的挖掘，对人生哲理的思考。在这些文字中，我们试图捕捉那些渐行渐远的岁月，留住那些曾经的美好瞬间……

　　寻梦赶水，赞颂故乡的诗情。故乡是一首首吟不完的诗，每一首都有不同的主题、诗眼及意境，每一次寻梦都会心潮澎湃、魂牵梦绕。乡音是入乡的通行证，每一次表白都会身临其境，每一次打捞都会绚烂磅礴。

　　寻梦赶水，穿越时光的隧道。梦里依稀的印象、喧嚣的码头、繁忙的帆船、悠长的古道……这些曾经的美好，都能在故乡中找到。东岳庙、观音寺、钦差坝、四十兵工厂、綦江铁矿等，在此演绎不同的故事。

　　寻梦赶水，展示故乡的风采。用历史呈现原真之赶水，用人文展示厚重之赶水，用故事讲述动人之赶水，用史迹感悟文化之赶水，用美食体验幸福之赶水，用诗词讴歌诗意之赶水……均旨在让更多的人从"边贸重镇、悠久历史、厚重文化、传说故事、史迹名胜、人物星空、民间美食、诗词歌赋"中了解赶水，认识赶水，喜欢赶水。

　　寻梦赶水，放飞心灵的畅想。我在闲庭漫步中，抓一把童年的天真，笑声越过山峦；怀一腔少年的热血，乡愁铭记心里；赏一缕老年的夕阳，幸福生长田间。这令人多么的惬意、开怀与流连。

寻梦赶水，凝聚乡情的眷恋。一句乡音，溢出心灵的甜美；一垄诗意，高挂故乡的月亮。山相偎，水连天，曲曲乡音缠绵。过尘世，走他乡，朵朵思念花开。将对赶水历史、现实之感悟，汇集成《寻梦赶水》，这令人多么自豪、快乐与欣慰。

这本书的诞生，对我们来说既是一次心灵的寻觅，也是一次文字的跋涉。我们希望通过我们的笔触，让读者能够感受到那份纯真与温暖，共同追寻那些被遗忘在时光深处的梦想。每一次提笔，都是一次心灵的洗礼；每一次落墨，都是一次情感的释放。在创作与摄影的过程中，我们走遍了赶水的乡村，与村民们聊天，聆听他们的故事，体验他们的生活。我们发现，每个人心中都有一个美好的梦想，那就是追求幸福、安宁和满足。而在这个追求的过程中，我们都在不断地努力、奋斗，向着梦想前进。

在《寻梦赶水》中，我们通过文字与图片展示出乡村的美丽风光和人们的真挚情感，让读者在阅读的过程中，能够感受乡村的宁静与和谐，能够体会村民们的淳朴与善良。同时，也希望通过这些文字与图片，激发读者对梦想的追求和对生活的热爱。当然，在创作过程中，我们也遇到了许多困难和挑战。有时候，我们会因为无法用恰当的词语表达内心的感受而苦恼；有时候，我们会因为无法捕捉到乡村生活的细微之处而感到失落。但是，正是这些困难和挑战，让我们更加珍惜那些美好的回忆，让我们更加坚定地追求自己的梦想。

这本《寻梦赶水》，不仅是我们对乡村生活的怀念和回忆，更是我们对梦想的追求和对生活的热爱。我们希望这本书能够成为一道美丽的风景线，让读者在阅读的过程中感受到生活的美好和梦想的力量。同时，我们也希望这本书能够成为一个引子，引发更多人对乡村生活的关注和思考，让更多的人加入寻梦赶水的行列中来。

王金安　罗　毅
2024 年 3 月 9 日